读者文摘
Reader's Digest（心灵篇）
Xinling Pian

佳作评选
精华版

成功没有彩排的机会，每一天都要以正式上场的姿态面对。琐碎的光阴，庸常的日子，读一篇读者文摘，为疲倦的身心注入新的活力。《读者文摘》好运将一路相随！

阅读一篇篇美文，感悟一颗颗心灵，享受一次又一次精神的盛宴。

踮起脚尖寻幸福

Dianqi Jiaojian Xun Xingfu

任 蒙/著

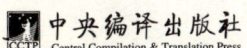
中央编译出版社
Central Compilation & Translation Press

图书在版编目(CIP)数据

踮起脚尖寻幸福 / 任蒙著. -- 北京：中央编译出版社，2014.2
（读者文摘）
ISBN 978-7-5117-1893-8

Ⅰ. ①踮… Ⅱ. ①任… Ⅲ. ①散文集-中国-当代
Ⅳ. ①I267

中国版本图书馆 CIP 数据核字(2013)第 275568 号

踮起脚尖寻幸福

出 版 人	刘明清
排版制作	腾飞文化
责任编辑	邓永标　余海伦
责任印制	尹　珺
出版发行	中央编译出版社
地　　址	北京西城区车公庄大街乙 5 号鸿儒大厦 B 座(100044)
电　　话	(010)52612345(总编室)　　(010)52612371(编辑部)
	(010)66161011(团购部)　　(010)52612332(网络销售部)
	(010)66130345(发行部)　　(010)66509618(读者服务部)
网　　址	www.cctphome.com
经　　销	全国新华书店
印　　刷	北京盛兰兄弟印刷装订有限公司
开　　本	710×1000 毫米　1/16
字　　数	180 千字
印　　张	14
版　　次	2014 年 2 月第 1 版第 1 次
定　　价	28.00 元

本社常年法律顾问:北京市吴栾赵阎律师事务所律师　闫军　梁勤
凡有印刷质量问题，本社负责调换。电话:(010)66509618

目录
Contents

第一辑 追寻美的履痕

云中三日 / 002

黄山景观在天上 / 004

最后的峡江 / 007

古老桃花潭 / 011

千山夕照的旅程 / 015

我属于长江 / 018

走进高原 / 021

向往神山 / 024

老汉口的经典影像 / 028

车行皖南山水间 / 033

新景江之岸 / 036

世外村落 / 040

西行遐想 / 044

挥洒城市的夜色 / 047

残阳古兵寨 / 051

巨川三关 / 053

人间仙境 / 057

目录
Contents

第二辑　平凡与崇高

伟人走出翠亨村 / 060

我的第一个老师 / 064

父亲的手 / 067

巨人的坦诚与诙谐 / 069

敬畏之后是忠贞 / 072

难忘大好人 / 078

汉江养育的作家 / 084

游历世界的姿影 / 087

淡淡水墨描山水 / 091

两代天骄 / 094

"小灰姑娘" / 097

哨所迎除夕 / 099

第三辑　异域走笔

冰雪俄罗斯 / 102

欧洲的原野 / 105

雨后的小国天都 / 107

旅途散笔 / 109

感受文明风貌 / 114

科隆小姐 / 116

安东尼奥 / 118

北欧的秋色 / 121

看不到警察的城市 / 127

访问古博瓦 / 129

情侣岛上的真实童话 / 135

目录 Contents

第四辑　人生路上的烛光

珍惜你最初的爱 / 140

藏书·读书·用书 / 142

理想·基础·勤奋 / 144

为什么要读名著 / 147

相信自己的艺术感觉 / 150

与少年朋友谈诗 / 152

一个书名的效应 / 156

光脑门的学者 / 159

无怨无悔 / 162

需要苦读精神 / 165

日常语言中的"任意代词" / 167

散文在呼唤诗意 / 170

擦亮心灵的天空 第五辑

感悟生命 / 174

超越语言的语言 / 176

文学，敬畏与名利 / 179

走进《春天》/ 184

写作的心路历程 / 187

怀念琪琪 / 191

做人诚实一点好 / 195

世象闲笔 / 198

文化寻祖的心灵缘由 / 204

"发鸿蒙"的第一课 / 207

凝望星空 / 209

红旗下的童年 / 214

第一辑

追寻美的履痕

上苍为了向人间展示他的艺术精品,选定了我们这块具有悠久历史和灿烂文化的土地;把这盆雕塑置放在长江南部的一片青山秀水之间,从而,我们母亲的山水有了一个骄傲的象征。

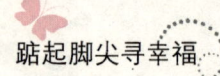

云中三日

一切，都被笼罩在烟云之中：街上涌动的是云，窗户里飘出的是云，树梢里晾着的是云，行人身上披着的是云……云，把庐山瑰美的风姿全掩着，只给了人们一个任意的想象。

庐山，我仰望已久的名山，诗山。

此时，她就在我的眼前、我的头顶。我尽量敞开兴奋的、新鲜的胸襟，等待着诗思飘入。没料到，这里接游的公共汽车开得这么快。左边是斧削般的峭壁紧贴车身，右边是万丈深渊白云腾绕，而越是急转弯的地方，司机把方向盘打得越急。我坐在最后一排座位上，每经险处，总见车头悬出路外，心不由提到了嗓子眼儿；刚刚光临的一丝诗兴，早被"玩命的"公共汽车颠进了那望不见底的恐惧中。全车乘客也无不惊愕，有的甚至神经质般跳起喊出声来。直到车过半山腰之后，茫茫云海把山下的大地盖了个严严实实，大家再不感到汽车是在空中疯跑，情绪才松弛一些。

乘坐数十人的"大交通"，显得毫不笨重，仍像在追捕什么猎物一样，一个劲地奔驰着。它从一个个深涧纵身跃过，葱茏四百旋，转眼被抛在脚下。

登上山顶，才知这里刚刚下过一场雨。

一切，都被笼罩在烟云之中：街上涌动的是云，窗户里飘出的是云，树梢里晾着的是云，行人身上披着的是云……云，把庐山瑰美的风姿全掩着，只给了人们一个任意的想象。

想象，比现实的接触更美，每个憧憬过爱情的人都会有这样的感受。

按照古人的说法：云之上，便为仙界。

遗憾的是，我们这些凡胎生者已步入"仙境"却不知然。路上，许多游人埋怨老天爷不为自己作美，不住地叹道：

"瞧这鬼雾！"

"好大的雾呀！"

我想到古人来到庐山，也曾有这么埋怨的。唐人钱起就咏过"咫尺愁风雨，匡庐不可登。只疑云雾窟，犹有六朝僧"的诗句。

其实，叫云也好，叫雾也好，反正是同一种水气，只是传统的观念在人们心目中留下了成见：凝集在天空的水汽是云，飘散在地面的水汽是雾。然而，我认为此时此地应保留这一成见，称云。否则，一字之差，将使我们忘记自己早已腾离地面，游兴就会被扫之殆尽。

我来庐山已有两天了，不时大雨如注，终日不见云散，反倒愈来愈浓。不能再等下去了，先期前来在这里疗养的两位老战友为我做向导，带我冒雨游览了植物园、含鄱口、花径等几个主要名胜。

我最大的愿望是到仙人洞旁，站在石松下"纵览云飞"。但赶到那里，云在脚底流走，云在怀中翻滚，数米之外什么也望不见。那凌空的险峻、远天的壮观，全为白云所障。"近览"都不行，还谈"纵览"？

归期到了。三天的云中生活，使我领略了"另一个人间"的静谧、缥缈、幽空和柔润。虽然没看到多少名胜，但到这云的海洋、云的世界走一遭，不枉！比乘坐飞机，从浩瀚云海一掠而过所享受到的要多许多倍。尤其是雨后从深深云幔中传出的泉流声，节奏感很强，昼夜不绝于耳，有如仙乐，使人忘却了四野的一切。可以说，这奇妙无比的境界，全靠云的精心设置。于是我断定：

没有云，就没有"仙境"；

没有云，就没有神话。

是的，庐山的云，曾给人们多少神秘的幻感，只是它裁不下，带不走。

黄山景观在天上

上苍为了向人间展示他们的艺术精品，选定了我们这块具有悠久历史和灿烂文化的土地；把这盆雕塑置放在长江南部的一片青山秀水之间，从而，我们母亲的山水有了一个骄傲的象征。

一位故去了几百年的旅行家曾说过，"五岳归来不看山，黄山归来不看岳。"由此猜想黄山可能是最值得一游的去处，但我无法想象出它的雄峻壮美来。

到了黄山之后，我才明白，黄山是宇宙间的天然宏大雕塑，其精美程度原本不是人之想象力所能达到的。在第一个樵夫误入山宫之前，在第一个采药者攀到它的腹地之前，在第一个探险者仰望到它的巍峨之前，我相信不曾有人想到过人间还有这般绝美的自然景观。

一

黄山不愧是天公的杰作。

它那峭壁耸立的群峰错落有致地聚集在一起，一色的青紫岩石，一样的陡立千仞，一样的秀松苍翠。我认定，只有天神才有这么高超的艺术，也只有天神才能收集到这么独特而精美的雕塑材料。那些巨大的石峰就是他们从宇宙深处或宇宙之外精心挑拣出来的。

第一辑 追寻美的履痕

上苍为了向人间展示他们的艺术精品，选定了我们这块具有悠久历史和灿烂文化的土地；把这盆雕塑置放在长江南部的一片青山秀水之间，从而，我们母亲的山水有了一个骄傲的象征。

然而，黄山又是全人类共同拥有的瑰宝，它已被列为世界第一流自然风光保护区，作为数一数二的山水景观而受到整个地球的珍视。

二

黄山融险、秀、奇于一体，堪称天下一绝。把所有对山川的赞美之词都用到它身上也不过分，它是难以用笔来描绘的。

当你登上它的绝顶，俯望脚下看不见底的万丈深渊，内心发生一种震颤的时候，或者当你凝视面前尚有许多面从未印过人类的足迹、甚至连鸟类也无法在上面停留的绝壁的时候，你一定会由衷地赞叹：黄山，险！

雨后的早晨，百丈泉的银色水带自天顶笔直泻下，远处，云浪在曲回的深壑中翻腾，露出云外的险峰成了白色海洋中的群岛；近处，一株株主干苍劲古朴，而枝杈生得像千手佛一般讲究的百年古松蔚然成林，再间以山底部一片片整齐挺拔的修竹。你不能不感叹：黄山，秀！

黄山是一座石质的群雕，千姿百态的巨型石块、石林构成了许多"景点"。一块形似蟠桃的巨石，好像从天外飞来，正落在一方倾向深渊的"跳台"上，假如偏出一米，它就将坠进深深的谷底。一团名曰"绣球"的巨石不偏不倚，飞落在"一线天"石缝的顶部，构成一处险景。在通往最高峰顶万丈石级的终端，几块说不清有多少吨重的石锭好似天顶滚来，叠拱出一个天都洞天。更有众多酷似人兽的巨石造型，令人观后无不称绝：黄山，奇！

每一个游人都是借助工匠凿出的石梯攀援到峰顶的。至少，这不能称作是一种征服。

黄山，神奇的山。

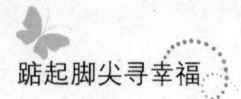

三

  目前,地球人还没有能力到达除了小小月球之外的其他行星。因此,谁也无法断定,在未知的星球中,有没有能与黄山媲美的杰作。

  因为黄山出自天神之手,所以它是不可模拟的。无论怎样高妙的丹青,无论多么"现代"的写真镜头,面对黄山都将显露出其笨拙。

  要领略它的雄伟,它的壮丽,只有亲身走进它的怀抱。因为黄山属于天之造化,所以它是无须解说的。年轻的导游滔滔不停地向游客介绍的一个个"景点",不过是天工在雕塑过程中的小憩之时,随手捏出的一些小小饰物。看黄山,贵在其神韵。

  黄山不需要导游。

  黄山在地上,其景观在天上!

生命如同寓言,其价值不在长短,而在内容。

——塞内卡

最后的峡江

呐喊的号子回荡在巴山蜀水间。峡江的夜空是不眠的,火把中映现出令人心惊肉跳的"杂技"。

古老的栈道

峡江从历史深处流来,栈道也从苍茫的世纪中蜿蜒而来。

峡江有多长,栈道就有多长。

峡江无岸。栈道只能凿在险峭的石壁上。它时高时低,有些路段高悬于半空,长长的纤索自身已够沉重的了,还要拽着逆流而行的舟楫。

那不屈的脊梁呵!

雷鸣。电闪。暴雨。石崩。泥石流。

寒月。风雪。冷流。冰凌。

呐喊的号子回荡在巴山蜀水间。峡江的夜空是不眠的,火把中映现出令人心惊肉跳的"杂技"。

勒紧纤索,挽住巨涛。

与江流搏击,与命运抗争。

那带血的脚印,带血的纤索,穿透了多少历程。栈道是世界上最狭窄、最崎岖、最艰险的路!然而,它与江流构成了两条同样弯曲的并行线,画出了一个长长的等号。它告诉我们,在那个难以望见尽头的年代,

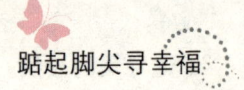

栈道的力量和运输功能，与大江是等同的。

栈道背着沉重的负荷不知走了多少日月。当机动船载来现代文明的日子，栈道便把一幕幕悲壮永远留在了峡壁上。如今，栈道沉睡在荒凉之中，像千年的岁月躺在线装的史册里。当年横空而出的木结构栈架早已腐烂，被大江漂卷而去了，峭壁中只剩下一排排支过栈架的整齐的方孔。

纤索拽着大江终于告别了痛苦的历史。可是，有些支流的河段还挣扎着纤夫的身影，有的还让他们一丝不挂。

为了重现一道古老的风景。

妹妹船头坐，哥哥拉纤索。有的说不清是艺术还是别的什么的描绘，竟从那不应残存的艰辛中发现了温馨与美妙。

心灵摇晃着走出栈道，比那负重的跋涉更为艰难。

神秘的悬棺

很久很久以前，在一个很难考证得确切的年代，僰人先民将亡者置于粗木镂空的棺柩，葬于高高的岩缝或石窟。这样，峡壁上便留下一个传说：那位近乎神工的木匠的祖师鲁班在这里陈放着他的风箱。因为只有他才具有神力将那重物高置空中。

从此，长江有了一个最"神话"而又最有实据，最古老而又最现实的地名："风箱峡"。——因为，那"风箱"至今陈放在飞鸟不歇的绝壁上。

于是，一个时代被搁置了起来；

一个无人接近的谜被搁置了起来。

直到七十年代初，采药人和盗宝人冒死"发掘"了这个谜底。"风箱"中除了古代山民的枯骨之外，还有铜斧、巴式柳叶剑、木剑鞘、木梳、铜鞋和草鞋等随葬物，还有一个苍古的巴人社会。

神话是鬼话的美称。可是，这个关于"风箱"的神话却正好是先民的骄傲。他们在生产力极端落后的情况下创造出了我们至今难以想象、难以解释的奇迹。

笨重的悬棺在万丈绝壁上经受了千年风雨。先民们是如何征服这高险空间的？他们不肯留下痕迹。但他们却给后代留下了一种令人敬畏的精神。

文明孕育着无尽的力量，而蒙昧时代却同样产生有不凡的智慧和超时空的力量。

这就是我们的民族！

峡壁，大自然的敦煌

三峡风光，最奇伟、最神秘、最丰富的是河谷两岸陡峭的山墙。那上面，风浪留下的一道道印记，与岁月在先辈脸部的雕刻那么相似，那么逼真。你可以通过那印记，读出它的年龄，读出它与风雨搏击的历史。

无形的时光，久远的风雨，把一方江山、一个古老民族的万年沧桑，全部记录在这宏伟的峡墙上。你或许能从某一面岩壁上，看见似是非是的最早的史前岩画；你或许能从另一面墙上，看见隐入其中的比乐山大佛更大的雕像……

四百里峡江，四百里画廊，四百里岸壁，四百里长卷。绵延不绝的图案，是一个个历史镜头的定格，是中华民族变迁过程的化石。

大自然的敦煌，亿万年沧桑造化的艺术宝库。古人面对它的壮丽，想象出许多神话，去解释他们的惊奇。我们若仍去津津乐道那些神话，则是对山河的亵渎。一个民族从神话中醒来的日子，才是它开始有希望的日子。

三峡不需要神话。天地之造化只有天地才能解释。

在巨大的峡壁上，读不尽一个天体的悠长，读不尽一个种族悲壮的演化。

读则有，不读则无。

这读，必须用心去感应。

峡江，湍急而宁静

峡江湍急，但不动声色。

深深的峡水不见任何浪花。愈是流急之处愈显得宁静，像一壶将开未开的滚汤，不时从底下冒出一股热力，在水面旋成一个圆形的水窝。这水窝渐渐向周围扩展开来，不久便消失，接着又一个地方冒出热力。

然而，这种风平浪静，却让人感觉出一种庄严和畏惧。

静静地，静静地，每一个瞬间，江流都在被后来者驱动着。大江的脉搏与飞逝的时光一起律动，与天地的运行一起律动。

这律动是永恒的。

江底的岩书

江水落了。

河床露出蓝莹莹的石灰岩。那上面刻满了比原始更为原始的符号，有大地心脏起伏时极规则的曲线，有江流滚动的轨迹，有许多非人工的闲画。

然而，它什么都不是，只是发生在谷底漫长的无声碰击所留下的战痕。

天与地终于达成默契。

江流把这惊心动魄的经过写成文献，深深地藏在江心。你看那只露出半截的岩石书页，一直紧紧地合着，极厚，极完整。

它什么也没有告诉你，但它又能告诉你一切。

宇宙力和谐的奥秘尽在其中。

古老桃花潭

江水还是那样碧绿,对岸的那堵石崖还是十几个世纪以前的外貌,还是那样被松槐和灌木半掩着,但今人谁也体味不到大唐时代发生在这段河水上的短暂一幕,伟大诗人伫立舟头,于不经意之间完成了一次永恒的文化创造。

青弋江逶迤流来,穿过青峰秀岭,穿过千万年的斜雨秋阳,来到风光旖旎的泾川,略微一拐,便进入了一块四面环山的平畴。在这儿,它形成了一处积水深潭,又有了一个渡口,后来在这里诞生的几句唐诗,才叫震古烁今呢。

桃花潭,世世代代伴随着一首《别汪伦》而妇孺皆知,青弋江反倒委屈了。

很多人没有听说过黄山脚下还有这么一条清秀的河流,甚至不认识那个生僻的"弋"字。

青弋江的发源地,就是黄山,可黄山遮蔽的何止是这条江水呢?直到今天,世人皆知黄山,但不一定知道黄山之下还有个世外桃源般的古老徽州。

然而,黄山即使遮蔽了整个徽州,遮蔽了青弋江,却怎么也遮蔽不了桃花潭。

只要李白还在,诗歌还在,谁都不可能将它抹去。

不过,我丝毫没有打算到这里寻觅当年的遗迹,除了那四句短歌,诗

人在此本来就没有留下什么。

我曾写过一篇《千年送别》，但我要向读者坦率说明的是，以前我并没有到过这里，那篇散文描绘的只是我想象中的桃花潭。

千余年前那个霞晖渐褪的时辰，发生在这里江上的一幕寻常道别，不知让多少代人产生过悠悠遐想。

经过文化巨匠"点化"出来的名胜，在中国无以计数，可你一旦走近它们，却不能唤起任何感觉，让人"不来一辈子后悔，来了后悔一辈子。"桃花潭肯定是个例外，也是唯一使我不曾到过实地而写了散文的景观。

快进十月了，江南的太阳依然没有诗意，我们是在一路热浪中寻到桃花潭的。

原来，河渡坐落在两个村庄之间，渡口不远处就是小街人家。

桃花潭并非野水孤渡，周边的地势也较为平坦，但江岸怪石嶙峋的陡崖和老树藤萝，都在向你散发着久远的历史信息。

当年，大诗人是在花红草菲的季节应邀而来的。

因为汪伦说，这里有十里桃花，万家酒店。

桃花，酒家，诗酒人生，这正是李白的生命中不可缺少的。

秋深时节，我们偶然见到的几株褐红色的桃枝上，只剩下凋零的细叶。

可我不是冲着这里的桃红酒香而来的，是为了唐诗中一个著名的画面，是为了一首极其平白清丽的诗句，是为了古人一个再寻常不过的生活瞬间，我来了。

古朴的小街上没有行人，只有两家晦暗的民居里不规则地摆着各种古玩，也有文革时期的"像章"和塑像。我们走进去指指点点了好一会儿，主人才从里间慢吞吞地探出来，一看就是当地的庄稼人。

这村落，这小巷，这残破的石板路，不会有诗仙的印痕，但它却为桃花潭储藏了诗情，千年万年都不会散去。

古渡到了，也只有我们几个远来的游客，艄公是景区的一个中年妇女打手机为我们喊来的。

我们当然不是要像当初李白那样，登上这儿的扁舟揖别而去，而是坐

到对岸去逛它一个来回，体验"水深千尺"的深情厚谊，体验那次孕育了不朽诗章的依依惜别。

江水还是那样碧绿，对岸的那堵石崖还是十几个世纪以前的外貌，还是那样被松槐和灌木半掩着，但今人谁也体味不到大唐时代发生在这段河水上的短暂一幕，伟大诗人伫立舟头，于不经意之间完成了一次永恒的文化创造。

桃花潭水没有那么深幽，肤色黝黑的艄公是用长篙把我们撑过去的。他不会想过，假如他能够早一千多年在这儿摆渡，就会有幸为大诗人撑篙。

他从彼岸到此岸一路抱怨的是，好好一江水，鱼都被人用电打光了，还说景区给他的报酬太少，而我们却感到六十元一张的门票不菲。好在这时江面已觉有微风拂过，灼人的阳光和不悦的话题并没有影响我的心情。

我们走过的小街叫翟村，过江登岸的村落，叫万村，万家酒店呵。

这个万村原是一座"空城"，我的几位旅伴过江之后，都到石崖上的古亭享受江风去了，我独自走进了神秘的村落。

整个村子空无一人，石路小巷比对岸的翟村更逼仄，更残破，一排排青砖黑瓦的老屋，像黑白图片那样斑驳沧桑。

在一处略为高大的房子面前，竟然出现了一块不起眼的金属牌子，上面的文字说，这处关门掩窗的砖房就是"万氏酒家"的遗址。

我没有细看牌子上的介绍，也从未相信"桃花十里、酒店万家"就能够把诗人骗来，那不过是个文雅而幽默的传说。李白与汪伦相聚于此的年代，这里是否有万姓村庄，是否有个万姓人开的酒馆，都很难说。

整个村子的人家好像全都搬走了，连一禽一犬都不曾出现，有些墙角长满了蒿草。虽然没有断壁残垣的神秘与荒凉，但独自一人行走在凉意习习的深巷，行走在悄无声息的古老村落，真有几分恍如隔世的感觉。

清代在桃花潭修建了文昌阁、踏歌古岸等纪念性建筑，这会儿在我看来，这些古阁楼台倒是些蛇足之添。

我猜想，是当地政府为了发展旅游，保护旧民居，而迁走了万村的村民；或者是因为我们赶去的那会儿是个阳光直射的正午，村子里没有任何动静。但我分明看到许多房子空荡荡的，有的只是堆放着一些杂物。

无论怎样，那次短暂的"空巷漫步"，才使我穿过千秋岁月，真正走进了桃花潭，来到了文学名篇在这里瞳昽问世的那个遥远时刻。

懂得生命真谛的人，可以使短促的生命延长。

——西塞罗

千山夕照的旅程

几多回征战都早已远去，绵绵战火了无痕迹。江山也几经易手，只有巍峨的长城与雄关犹在，只有万年不绝的天风云浪在默念着故去的往事。

群山

三晋大地，延绵的大山纵横不绝。

我们走到哪里，蜿蜒相连的山峰就延伸到哪里。

自北向南，从大同至运城的"大运"高速公路纵贯千里。一路上，山峰都在追逐着疾驰的汽车。

此刻，负责赶路的是为我们驾车的司机，导游小姐和我们大家的任务，是找些轻松无聊的话题去驱赶长途旅行的疲劳。

我，一直撩起窗帘，试图与窗外的大山对话。

五月的群山已经披上了翠色，灌木、荆棘和矮松染绿了每一座山峦。虽然这只是像某种"扎染"工艺，使许多地方露出斑驳的山体，那些没有被绿色覆盖的砂岩，却在晚天的夕照中反射着苍茫的光泽。

大山沉默无语。它们使我想起了油画中那一列列打满补丁的身穿旧式棉袄的铜墙铁壁般的西北汉子，曾经经历过太多的风霜、屈辱和抗争。大山是这片广阔高原的脊梁，背负着高原的历史，也背负着高原的希望。

原野

旅游车穿行在原野,群峰就远离我们。它们站在原野的尽头,望着从原野中穿过的这条被护栏和现代字牌衬托出的新式通途,望着奔忙的车流,望着我们。

原野上摇荡着成排成片的白杨和槐树,摇荡着绿枝翠叶,摇荡着朔方晚来的春光。

灰沙染过的村庄和小镇,融入了大地的色调,掩在树丛中更不被游人所注意。

然而,原野上一道道沟壑让人感到新奇,而且深深地刻着这片土地古老的岁月。

即使是新近形成的沟壑,也很快被风蚀成苍古的形态。一堵堵壑壁光洁如磨,风化的外表,犹如在大漠中沉睡了千年的古城堡的断壁残垣。几簇青枝摇曳在"断壁"之上。

这些顽强的生命显示着这片土地的生机,更能透示出这片土地久远的信息。

在这里的原野上,到处都留有风的雕塑。

雄关

西天,一抹艳红的晚霞,给莽莽群山镀上了金黄的轮廓。

雁门关就在前面。

虽然我们不经过那里,但我的思绪已驰向那座闻名天下的关隘。南雁北迁,年年必从山口飞过,曾经引来多少英雄争夺此关,引来悠悠岁月的河流从这座关口穿过。

古往今来,这片高原一直是燃烧烽火的热土,造物主也早已为后来的征战者设置了一座座雄关险隘。一代代英勇的儿女扼守关山,用血肉浇铸历史,浇铸铁魂。多少个世纪,长风在这里歌吟不息,吹扬过多少火燃的

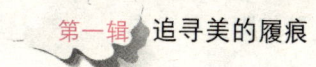 第一辑 追寻美的履痕

战旗。

前方的山顶有长城！顺着导游的手指，看见一堵高大的土墙横亘在山巅，辉映着最后的夕晖。这样的土城竟历经千秋风雨而不坍塌，不能不叫人惊叹。

几多回征战都早已远去，绵绵战火了无痕迹。江山也几经易手，只有巍峨的长城与雄关犹在，只有万年不绝的天风云浪在默念着故去的往事。

这时，暮色已愈来愈浓，苍穹更为低垂。那山，那城，也即将移出我们的视线。最后一眼，群山间的城垣在长空落日之下，在夜幕降临的那个时刻，显得更加雄浑。

人生的光荣，不在永远不失败，而在于能够屡扑屡起。
——拿破仑

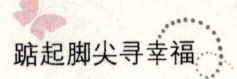

我属于长江

因为博大,因为深沉,它不必呼啸,也不作狂歌,总是静静地从我们身边走过,日夜兼程,万年不息。

在领土辽阔、人口最众的国度,有一条世界上数一数二的河流,这就是长江!

"江无底,海无边,秤砣沉底要三天。"儿时的我,曾唱着这首童谣为江和海而惊奇过。

"小朋友,你们瞧,这座大桥多么好!大桥跨在长江上,它比十层楼房还要高……"当全中国多年还在为一座桥而骄傲的日子,我们跟随着那位乡村教师"唱"熟了这篇课文。然后,便睁大眼睛听他讲述长江的宽阔和大桥的雄伟。

大江是神奇的,无论是否亲眼见过它,在一万人的心目中,就有一万个长江的形象。

当我步入应该了解自己所生活的这个星球的年龄,学校几乎所有的教材都被更换了。但我仍从高年级同学用过的《地理》上,读到了长江的宏大,知道了它所穿过的那座离我们最近的大城市便是我们的省会。

十八岁那年的一个冬夜,刚着上军装的我们,乘列车第一次跨过大桥时,我望着窗外呼啸而过的一盏盏桥灯,用全神贯注的心感受到了一条巨流的搏跳。

后来,我无数次跨越长江,或凭着大桥的栏杆,想象着它一路经历了怎样壮烈的搏击——

在最初那石破天惊的一瞬间，它冲破唐古拉冰封的窒息，以开创者的气魄宣告了一场壮举的开始。亿万呼应者蠕过遍地爪沟，汇成小溪，聚向长河；百折不挠，一往无前，又集成九大支派，最后，终于有了这支水的雄师。一千回冲过险峡，一万次撞碎坚崖，前面的头颅被摧得粉碎，后面的浪头紧跟着昂首跃上。阻不住的洪流，摧不尽的浪，长江，永不改变它既定的方向。因此，它才有这巨人般的伟势，有了水天一色的辉煌，有了一任东去浩荡。

因为博大，因为深沉，它不必呼啸，也不作狂歌，总是静静地从我们身边走过，日夜兼程，万年不息。

这就是属于我们民族的大江！

我也到过黄河。可是，它留给我的却是枯水季节的印象，两道浅流淌过袒露的河底。我曾为它那贫弱的干涸而痛心过：这就是以它的乳汁养育了中华民族多少个世纪的母亲河吗？它为儿女付出了太多太多的辛勤和劳累，流走过太多太多的汗水和泪水。

黄河是民族的母亲，长江也堪称民族的父亲。但多少年来，评说竟如此不公。因为黄河淘冶出了青铜文化，因为黄河为无数帝王将相提供了舞台，因为种种，所以只认定黄河是炎黄的象征。事实上，长江这条更为精壮、更为富殷的长河，它所捧出的不仅仅是后来的谷粟和丝绸，它同样创造过华夏的早期文明。只是"母亲"埋在黄土下的宝藏较早地被人们发现了，而长江藏在地下的历史直到近些年才陆续被掘出。

1989年9月20日，江西赣江边的新干县程家村，爆出了"考古史上一次名副其实的重大发现"：一座商代大墓以其出土的480余件青铜器，破译出三千年前华夏文化之谜，在国内外史学界引起巨大反响。这次被称为"怎样评价也不过分"的考古发现，使学术界得出新的结论：西周以前的南方地区并非蛮荒腹地，它同样有着灿烂的青铜文化；"长江与黄河一样，同是我们这个古老民族的文明摇篮"。

如果说肩着重负的母亲河略显苍衰，正期待着我们为它焕发青春；那么，长江不但同样古老，而且依旧年青强悍。我们更为长江而骄傲。

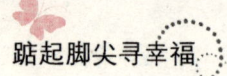
踮起脚尖寻幸福

　　我曾庆幸过自己诞生在桐柏山南麓，村前的那条小河是属于长江的一条无名"水系"，我是长江的儿子。据说，传奇将军许世友的故乡原系湖北麻城，后因改动行政区划而归了河南新县，但将军仍说他是"湖北人"。当然，这也许不是由于湖北有长江。可是，有人以口音判别我是北方人时，自己却总解释说，我不是生在桐柏山的北坡，我是南方人。

　　我属于长江！

>>>
生当作人杰，死亦为鬼雄。
——李清照

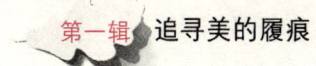

走进高原

缥缈的云雾之中,我们只能隐约看见屋子。屋子的主人以及他们的牛羊和青稞,全都被白云掩在天间。地上的游人如果能望见他们,将是一种幸遇和吉兆。

高原印象

——那奇峰相连的莽莽群山是高原。葱郁的林荫,高挂的松萝,浸润在轻云薄雾之中。树林比山谷更深,白云比岩石还低。云帘撩起,还有天工刻在石崖上的一幅幅壁画,今日读来,仍然堪称最前卫的美术作品。

在这山高林深的峡谷看不见行人,但幽静的树林中却有原色的嘛呢旗在飘动。

——那一路白浪、永不停歇的溪流是高原。溪流在造型各异的石块间欢快而过,浪花间泛着碧绿,清澈得令人心醉。短短的索桥枕着日夜不息的流水声,从来不感到寂寞。

如歌的桥头没有行人,只见嘛呢旗在飘动。

——那绿茸茸的草地和绿茸茸的山坡是高原。在这开阔的天空下,游人可见的移动景物,只有星星点点的牦牛、羊群和云朵。山腰处,成片的红红绿绿的经幡牵起一个方阵,格外耀眼,藏胞用这种嘛呢旗祈求山神,以保风调雨顺,人寿年丰。同时,他们也以类似的旗阵祭祀先人,旗下是不见堆土的坟场,一代代牧区先民长眠在绿草下面,而草原和山坡依旧那么平展洁净。高原，永远是圣洁的净土。

天高风清的草地也不见行人，只见成片的嘛呢旗在飘动。

——那一座座圆形的白塔是高原。象征吉祥的高高塔尖，像非洲女子堆叠着项圈的长颈。形形色色的佛塔矗立在山巅、河谷或者宁静的寨子旁，让整个高原都照耀着佛光。塔座上印着卷卷曲曲的文字，是我们读不懂的神灵符号。但是，看见佛塔，耳畔就能响起悠远而深沉的蟒筒唢呐，响起念念有词的诵经之声。

白色的佛塔在高原灿烂的阳光下更加醒目，更加庄严而寂静。一座座白塔下面都不见行人，只见一串串斜挂的嘛呢旗在飘动。

白云的源头

川藏高原一道道深谷千回百折，白色的流云在沟壑间不停地翻腾迂回，悠然来去，像鱼群闲游在大洋的海沟里，又像鹤群在巨大的天笼中来回漫游。

白云飘累了，就一动不动地紧贴在山体上，把群山装扮成一块块黑白相间、晶莹剔透的璧玉。

高原是江河的源头，也是流云的源头。

无尽的云雾，无尽的深谷，使人愈往前行，愈感到高原大川的曲回幽深和神秘莫测。

如果不是行进在山间的公路上，如果不是大家结伴乘车而来，一个人独自走进这里的谷底，你肯定会迷路，也肯定会心生恐惧。

高原峡谷，一座天造的迷宫。

云中仙居

当我在想象的孤独中行走时，倏忽间，远方山顶处几座民居不由得使我眼睛一亮。

想不到这野无人迹的深山别有天地。

几处小屋方方正正，结构稍有错落。一眼望去就知道那是典型的藏式民居。

接下看，正有清风徐来，白云如丝雾般掠过山头，那小屋犹隐犹现。

白云生处有人家！杜牧来过这里吗？如果他没有来过，那么他的诗句肯定是想象。

云，将迷幻的大川隔离成天境与人间。

缥缈的云雾之中，我们只能隐约看见屋子。屋子的主人以及他们的牛羊和青稞，全都被白云掩在天间。地上的游人如果能望见他们，将是一种幸遇和吉兆。

走不出的深山，下不来的云层。一代代山民就这样按照他们的生活形态，在这种世外天界繁衍生息，不知自何年开始，也不知到何年终结。

游人在惊异这种仙化境地的同时，也会为他们与世隔绝的生活而感叹。

因为，我们是俗人。

人的一生就是进行尝试，尝试的越多，生活就越美好。

——爱默生

向往神山

这位藏胞告诉我,他还是好多年以前出于一种好奇心,约了几个年轻力壮的朋友,携带手电和干粮,花了几天时间到神山游过一次。

汽车在一路弯曲而狭窄的公路上颠簸着,导游忽然指向窗外,以不容错过的语气告诉大家:那就是墨尔多神山!

我欠起身子,望着窗外延绵不断的群峰,并没有看出哪一座有独特之处。其他人也有的随口"哦、哦"地应着,说不定也没有认出神山。

我没有看到神山,又仰身躺到椅子上继续打盹。似睡非睡中,听见有人问为什么把墨尔多山叫做神山。那位从成都来的导游小姐说这条线路特别难走,她极少跑,所以说不清楚。于是有人用信仰去解释,这当然没有错。他还比方说,就像我们内地的有些居民,传说某条河流或某棵古槐隐有灵气,越来越多的人就把它们当作神灵的化身,对其顶礼膜拜。

神山面前,可不能瞎打比方。我笑着提醒说。

出发之前,我查阅过有关资料,墨尔多山的神山地位来源于一个古老的传说,来源于藏传宗教。相传早在唐代中期,西藏的苯教高僧们来到墨尔多山,在那里掘出了一部伏经,经中附有一幅秘图,图中暗示墨尔多山有个十分美丽的神灵归隐之地,天像弯弯的月亮,地像弯弯的月亮,山像弯弯的月亮,水像弯弯的月亮。只要找到了这个地方,便可在那里修建寺院。高僧们按图寻找,后来在山中修起了一座藏区最大的苯教寺庙。从此,墨尔多山的朝圣香火一直燃烧至今,并且越来越旺盛。据说藏传佛教的许多高僧都是在墨尔多山修行而成的，乾隆年间墨尔多山被定为祭祀神山。

我们不是宗教信徒，自然很难领略一座自然山体所寄寓的精神存在和信仰追随，但我们却不难推测这座历史悠久、影响深远的神山所展现的丰厚文化内涵。其实，在我们"尘世"的精神空间中，同样拥有自己所崇敬的自然山水。比如长江和黄河，不但被我们视作思想文化的象征，而且是文明的摇篮和精神的纽带。

旅游车沿着山谷行驶了好久，仍没有驶过墨尔多神山。最后一次，我终于望见了一处山峰顶着一座"金字塔"，棱角很分明，那是神山的主峰，是大自然的雄伟雕塑。在藏文化经典里，那座金塔是佛光闪射的源头。可是，除了主峰的金顶，我看它与其他山体没有什么不同。

夜宿丹巴县城，我利用晚餐后的余暇，闲游这座紧临大渡河而建的狭长小镇。在街头一角，一位干部模样的藏胞和我对递了几支烟后，才使我初知了那座神山。

墨尔多神山是一组山峰的合称，有人说它的最高处海拔达到四千二百多米，也有人说不够准确。神山究竟有多高，谁也说不清楚。好些年前，有个虔诚的喇嘛来到山下一步一磕，围着神山整整叩拜了一圈，那路程足够汽车跑一天，可见神山之大。

墨尔多神山位于大金河与小金河之间的丹巴县境内，每年农历七月初十，正值高原的金秋时节，当地都要在神山举办隆重的庙会，旅游者、朝圣者四方而来，与当地居民一起，聚于神庙和山下坝子，人山人海，热闹非凡，但真正进入神山深处的并不多。我在县城看到一份旅游线路介绍，从县城出发到神山游览一次，一般日程是五到七天，短的也需要两至四天。

神山近在咫尺，走进去也如此不易。因此，即使是当地的干部，也很少走进神山。这位藏胞告诉我，他还是好多年以前出于一种好奇心，约了几个年轻力壮的朋友，携带手电和干粮，花了几天时间到神山游过一次。

他绘声绘色地带我走进了那片神奇的山谷，那里密布着原始森林，常年云雾迷漫。不用说，山中道路十分崎岖，人迹罕至的地方，道路更是曲折迂回，时而逶迤通向峰顶，时而又延跌至深谷。要走进神山的腹地，要攀上主峰的金塔，只有这种忽上忽下、似路非路的狭窄天梯。有些地方无路可通，不知哪个时代的朝圣者在峭岩上凿下了一串串仅能踮住脚尖的石坎。今日探险者们只好借助那些石坎，抓着岩上的树枝和灌木攀援而上。当时，他们进山之后请了山里人做向导，否则，进了山谷就像游进深海，林遮雾障，不辨方向，叫人进得去却出不来。

墨尔多山生来就是一座神灵隐居的仙山，大自然鬼斧神工，在这里隐藏了许多诡异的造化。山中一路奇峰怪崖，万般姿态。高山之上有墨绿深沉的海子，常有云气蒸腾。山谷雨后还可看见七彩虹霓，变化出各种仙阁幻景。峭壁上有飞泉悬空，在太阳照射下银光闪闪。峭壁之下，神仙洞幽深莫测，只有少数朝圣者、修行者才敢攀上千尺悬崖，再借助高高的树梯，仰身钻进狭窄的洞口，在洞中再进行一番艰难攀越，找到洞顶出口，才能到达险崖之上的那座祭神平台。据说，这条"通天之路"，才是通往仙境的道路。

还有，神山深处石笋遍布，如林如塔，如兽如怪，千变万化。沟壑两侧浓荫蔽日，风声似箫，令独行者和胆怯者不敢前往。

然而，山内并非无人之境。在方圆颇大的神山景区，不但有祖祖辈辈在这里居住过来的山民，而且有来自藏区各地的众多修行僧侣。在神山最大的山谷石笋沟，沿谷留有不少藏传佛教的修道场，其中多处是墨尔多神山的著名坛场。神山顶端，不知何年堆砌的一座座人工石塔，依然竖立在蓝天白云间。

——这位藏族兄弟虽然再也没有进过神山，但他至今回想起来仍有一种历险的感叹。他既非诗人也非作家，可他的描述生动形象，极富感染力。无论他的描述是否准确，都能使人听来犹如身临其境。我好长时间才从那种幻觉般的想象中摆脱出来，可他在讲述中留下的一组数字，又使我陷入迷惑。他说，墨尔多神山历史上在其周围拥有寺庙一百零八座，拥有神塔一百零八座。后来，人们发现山中那组天然的岩石塔群，由于久经风化，岩上纹路变化无穷，细看塔中有塔，塔塔相叠，不尽其妙，一一数来，正好是一百零八座。还有，神山旅游景区开发之后，人们又发现其中

第一辑　追寻美的履痕

景点密布,可谓一步一景,细加统计,也恰巧是一百零八景。不过,墨尔多神山是神圣的仙界,我宁愿相信它有无尽的玄奥,而不敢怀疑是有人在故弄玄虚。

整个高原是令人神往的秘境,墨尔多神山却是秘境中的"世外桃源"。远处,它那黛色中露有裸岩的山体,看去虽无与众不同之处,但它身后却屏遮着一个更为神秘的地方。同行者中有人连连感叹这里山高路险,加上氧气较为稀薄,来一趟就够了。可是,当我们的汽车渐渐远去时,我还在不断回头,寻找那座折射阳光的金顶,寻找墨尔多神山。如果有机会,我还要再来这里,走进东方大神山,走进那片秘境中的秘境。

>>>
我们的生命是天赋的,我们唯有献出生命,才能得到生命。
——泰戈尔

老汉口的经典影像

每当旭日初升的时候,这里云蒸霞蔚,楼群、江滩、园林,浩渺的江面,加上长江二桥飞跨的长梁和高耸的斜索,都会构出雄浑而秀丽的画面,这已经成为江城的一幅经典图片,也是许多摄影爱好者所追踪的城市景象。

江岸,大江之岸。地处汉口长江之滨的这片城区,和它的名字一样饱含着诗意。这里矗立着高楼的森林,这里密布着迷宫般的楼宇峡谷,这里时时刻刻都在奔忙着钢铁的河流。它的天空,它的街市,它葱郁的花木和每一升空气,都能让人感受到昔日大汉口的繁华和今天特大都市不凡的气质与风采。

江岸在中国百年近代史中,是一块醒目的路标。在这片热土上,一次次引发过革命的惊涛骇浪,铭刻着近代中国重大变革的重重足迹与历史缩影。无论是旅游观光,还是作文化寻访,都不可忽略华中重镇武汉的这片城区。

瑰丽的十里洋街

来武汉观光,如果不到汉口看看临江高耸的一幢幢西洋楼宇,那才是真的是没见过武汉。

汉口和上海、天津一起,并称为近代史上的三大租界区,而汉口的五国租界,全部集中在今日江岸的沿江一线,自江汉路以下,顺水排列,长达三千六百米,占地两平方公里有余。租界虽然是半殖民地时代形成的社会怪胎,但它们留下的建筑却是无罪的。因而,全国极少有像江岸这样拥有如此之多欧式老建筑的城区,而全区一百四十二栋优秀历史建筑中,三分之一分布在汉口外滩沿线。古典式、哥特式、洛可可式、巴洛克式、维多利亚式建筑,一幢幢高楼华贵气派,令人目不暇接。只需请你在宽阔的沿江大道上漫步一次,一定会让你仿佛置身于一座巨大的"西洋建筑博览馆",甚至会以为自己行走在欧洲的某座城市。

这些洋楼的外观极为考究,有的墙体外形呈现的是花岗岩的大气与坚固,有的房子红瓦坡顶,浓烈鲜艳而不失庄重,有的在清水红砖外墙上勾出精细的线条,华丽不俗。最引人注目的是,一些高楼前面竖有粗大的廊柱,顶天立地,排列整齐,造型十分庄严,格外富丽华彩。

当年,汉口外滩的洋楼里多半是外国金融机构,英国汇丰银行、美国花旗银行、日本横滨正金银行等二十多家境外银行,都设立于这条街上。洋人、洋楼、洋街、洋生活、洋气息,光怪陆离的时代早已远去,但仍然使人遥想到旧时纸醉金迷的浮华。

一道长街,紧列着这么多旧式洋楼,今天的洋楼脚下,是宽阔的大道和美化了的长堤,还有漫长的江滩公园,还有穿城而过的中国最大的河流,这肯定是世上独一无二的自然与人文交织的瑰美景观。每当旭日初升的时候,这里云蒸霞蔚,楼群、江滩、园林,浩渺的江面,加上长江二桥飞跨的长梁和高耸的斜索,都会构出雄浑而秀丽的画面,这已经成为江城的一幅经典图片,也是许多摄影爱好者所追踪的城市景象。

百年商业老街

江汉路地处汉口中心地带,南起沿江大道,北至解放大道,全长一千六百米,贯通中山大道、京汉大道,是武汉最为著名的百年商业街区,也是当今最繁华、最典雅的汉口历史老街。说到江汉路,就让人想到上海的南京路。

江汉路始名于二十世纪三十年代,但它是近代汉口开埠的起始之地。

街道两侧西洋建筑群立，商业门点最为密集。一条长约三华里的老街，还拥有十三栋优秀历史建筑，它们那种冠状穹窿塔楼、厚重的水平檐、恢宏的柱廊和麻石的台阶，显示的都是一个时代的色泽与厚重。矗立在街口码头边的巍巍江汉关，作为武汉近代的标志性建筑，如今已改建为博物馆。

当今天的游客以脚步丈量这条老街时，无论你是否意识到岁月变幻，你都是从一个历史的起点出发，走向繁华，走向前方。你依然可以听到江汉关清脆而悠远的钟声，依然能够领略到一个世纪中大汉口的霓虹闪烁。你更能享受到特大都市核心商业街的华美、丰富与便捷，更能感受到这里强盛的商流、客流、资金流和信息流。

百余年来，江汉路从来都是大汉口的一道闹市风景，现在和将来，更是中部一个商贸业的制高点，更是华中地区首屈一指的"金街"，更是中外游客理想的购物天堂。

当年最风光的车站

汉口老火车站，原称京汉火车站，因为位于大智门，武汉人习惯称其为大智门火车站，是历史上京汉铁路的南端终点。该站建成于1903年，外观造型体现了西式新古典的风格，中部四角分别筑有高高的塔堡。前几年易地竣工的汉口新站，端庄典雅，其造型就是按照老站设计的，可以说是老站的翻版与放大。

这座火车站是中国第一条长距离准轨铁路的大型车站，曾经号称亚洲最现代化、最壮观的火车站，是中国近代铁路建设尚存的重要历史见证。汉口老火车站一直使用到上世纪九十年代，时光无法抹掉它那尘封的繁华，更无法否认它曾经接受过无数要人和摩登的衬托与仰望，曾经向几代人显示过它的气势与精致。

2001年，汉口老火车站被国务院列入全国重点文物保护单位，它作为大汉口时代的一个重要标志，曾历经百年沧桑和辉煌，不但珍存着近代以来社会蜕进的鲜明痕迹，而且仍然向世人昭示着我们这座城市地处中国南北要冲的重要交通地位。

早年的民居里巷

　　江岸区保留至今的里份民居多达一百一十五处，都是老汉口留下的具有百年历史的里份，当时的租界分布得更多，更为密集。其中咸安坊、同心里、坤厚里、首善里等不少里巷，借助大都市的辐射力而广为人知，还有一些里巷因为与某个重要历史人物或历史事件紧密相连，知名度更高。比如，因为分别保存有当年的工运领袖刘少奇和革命烈士向警予的故居，而使尚德里和三德里名闻天下，宝善里因为引爆过辛亥首义，更堪称天下第一里弄。

　　江岸的弄堂式民居结构，多为西式低层联排式住宅和中国传统四合院的巧妙结合，曲回、幽深、静谧，是中西建筑文化交融的标本，更是中国近代民居风格不可多得的典型缩影。

　　这次列入十大景观的里份江汉村，是江岸众多老里份中保存得比较好的一处代表性民居，地处江汉路东侧，走向亦与其并行。江汉村是条直巷，几米宽的通道两侧并列着多少家矮楼老宅，没有哪位游人数过，可那些风格相似、又各有差异的屋檐、阳台和外露的小巧楼梯，使你感受到这里的生活虽有几分拥塞，却也井然有序。小巷一些人家无法说清是中式还是欧式的门户，尤其令人回味，有的还围有院墙，加上几枝青翠的葡萄藤，几平方米的小院虽嫌逼仄，但让人立马感受到它的安逸和温馨。

　　近年，许多小巷的酒吧咖啡屋日渐多了起来，其经营者多半是追求时尚的青年创业者，连店名也如"北纬53度"和"金色的恶魔"这般别具"潮"意。江汉村亦不例外，一进巷口就能看见几个此类店家，门廊下一幅民国洋画和里间色彩温婉的窗帘，送给你一种安详，一种雅致。

宁静的闹市净地

　　近代江岸，是西方传教士向中国传输宗教的首选之地，也使这里留下了众多的宗教建筑，比如，位于上海路十六号的圣若瑟天主教堂，此后在

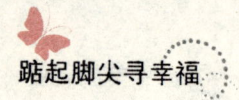

黄石路建成的基督教荣光堂，都是著名的教堂。还有上世纪之初由回族难民筹建的江岸清真寺，也是武汉最大的伊斯兰教活动场所。这次被列入江岸十大景观的古德寺，是一座更具特色的禅宗建筑。

古德寺始建于1877年，最值得关注的是它的建筑风格。通俗地说，它和我们通常见到的传统寺庙黄瓦红柱、飞檐翘角的大殿迥然不同。它的圆通宝殿，运用了古罗马建筑的结构，内外墙之间的回形步廊和许多方柱，又依稀可见希腊神庙的风韵，立面墙上的圆窗和长窗，却是基督教堂的建筑样式。专家评价说，古德寺混合了欧亚宗教建筑的特色，融大乘、小乘和藏密三大佛教流派于一身，在汉传佛寺中实属罕见，堪为佛圣胜地一大奇景，具有很高的建筑、文化和历史研究价值。

在江岸这片高楼崛起的现代城区，总有几处奇异的塔尖，隐现在错落有致的建筑群落之间，给这片城区增添了别样的空灵与悠远，也增添了几分异域的神秘。更让人诧异的是，在这样一个日新月异的新潮内陆城区，还保存着哥特式基督教教堂、罗马式天主教教堂、拜占庭式东正教堂、伊斯兰风格的清真寺，还有古德寺这般风光独具的佛地，更能显示出这片城区开放与包容的博大情怀。

天下兴亡，匹夫有责。

——顾炎武

车行皖南山水间

无论你走在哪一条山道,无论你面对哪一条河流,尽管你不知道那里的地名,但总能隐约感到有个人在那里行走,在那里吟诵,不知道他从哪里飘然而至。

　　看着窗外的山川河流,我在脑子里搜寻着,中国还有哪一方山水能够像我们脚下的土地这样,与文学珠联璧合,蕴藏着如此丰富的诗意?

　　此前,我曾经几次踏上这片土地,每来一次都要留下一篇短文,写过黄山的险峻秀美给我的震撼,记录过游历九华佛地的见闻,还有随笔介绍徽州的文化底蕴和历史上这里人才辈出的盛况。但是,当时车行青阳的山间公路所感受到的山野春色,还有江畔小城的静谧小街以及许多没有被我描写、甚至不曾游览过的地方,反而更让人回忆,更让人想象,更让人愉悦,更让人向往。

　　这一次,我们驱车千里,取道皖南,就是要顺路做一次诗意寻访,以实现我多年的夙愿。

　　我们为诗而来,为李白而来,为一个诗人与一方山水的文化传奇而来。

　　对于天下游客来说,皖南也只有一个李白。

　　多少个世纪了,大诗人李白一直是这里最著名的人物,很多人甚至说不出别的人物来。

　　今天,我们乘坐着舒适的现代车辆,一路是顺畅的山间公路,沿途的小镇和山村也没有多少青瓦白墙的徽派民居，碧绿的河流里也不见一叶扁舟的空灵和闲适，偶尔看到的渡船也是安装了动力的"混合交通工具"。尽管眼前的景物随时提醒我：我们行走在今天，行走在一个早已转换了天空的时代，但大诗人却在这里的山道水岸给我们留下了太多的想象。

不用微闭双眼，就可以想象他们宽袖拱杯的对饮场面，想象诗人冲着这里的酒香走来、冲着这里的诗意走来的轻盈脚步，想象那位让诗人深深怀念的善酿老翁，想象诗人动情挥别的古老渡口和悠悠潭水，想象滚滚江流与隐隐而显的日边孤帆。

每每进入这样的想象，不由得让人发痴，发愣。

比如车到贵池，自然就想起李白的十七首《秋浦歌》，写的是当年他在这一带的见闻。二十年前，我作为报人到过离贵池不远的铜陵市，当地官员陪同我看过的现代厂矿的冶炼车间，已经没有多少记忆了，堆满大块银锭的库房，也不曾唤起我的诗情。而李白当年在这里描绘的冶炼作坊的炉火和不眠的夜空，却依然让人产生诗的遐想；古代冶炼工人为了驱散疲劳和寒冷的劳动歌号，却始终激荡在中国诗歌的漫漫长空，有着不尽的穿透力。

无论你走在哪一条山道，无论你面对哪一条河流，尽管你不知道那里的地名，但总能隐约感到有个人在那里行走，在那里吟诵，不知道他从哪里飘然而至。

你走到哪里，李白就出现在哪里。

李白在皖南留下了不少名篇，给这里的一草一木都涂上了诗的色彩，为这里的山山水水营造了浓郁的诗意，历经千年而不散。

一方青山秀水满足了一个千古诗人，而诗人也满足了一方山水。

随着历史的进步，诞生了伟大诗人、伟大文学的那个遥远时代，也越发没有多少可敬之处，但非凡的诗歌大师却越发值得人们亲近，那些璀璨夺目的历史场面越发值得人们亲近。而到了皖南，你仿佛向历史的远方靠近了一千多年，能够若隐若现地望见潇洒飘逸的诗人了。

因而，这里的青青山色，这里的微微山风，这里的丝丝白云，都让人舒适，让人陶醉，让人感到在享受一种时空穿越的新奇和美妙。

欧洲的橡树白桦和充满童话想象的尖顶红屋,看上去注定是油画;而我们这里的江南景物,早被古远的诗歌染成了水墨风格。你凝望窗外,可谓一步一景,一步一幅中国画。

你可以不看"画面"一角的先人题诗,因为诗意早已浸润到画幅之中了。

皖南的山水,是为诗歌而设的,更是为李白而设的。

一方天设地造的绝美风光,终于等来了最高明的文学巨匠,说不清是诗人的幸运,还是山水的幸运,这样的盛事应该是千年一遇、万年一遇的。

诗人一生中,先后四次流寓皖南,也在这里毫不吝啬地倾注了他大量的诗情。他现存的一千多首作品里,有二百多首写于安徽。尽管他的有些诗写得并不好,特别是有的投诗换酒之作,不过是字句整齐的顺口溜,但并没有影响伟大诗人对于皖南这片土地的贡献。

皖南是李白一个巨大的情结,李白是皖南一个永恒的话题。

从诗歌与山水的角度看,皖南绝对是个典型,我终于没有找出第二个相似的地方来。

而这片山水之于李白,却远非一个"创作与题材"的简单关系,而是蕴含着诗人的性格、政治命运及其生命归宿的重要命题,而是事关中国古代"山水与文学"一个不可回避的重要命题。

生命不等于是呼吸,生命是活动。

——卢梭

踮起脚尖寻幸福

新景江之岸

传统、现代、时尚、怀旧、雅致、大众，这些词都可以用在这片流光溢彩的新区，但没有哪一个词能概括它的全部。武汉天地更属于都市中追寻新潮品质生活的年轻人，更能显示出都市生活的本质。

壮美的江滩园林

汉口江滩，位于长江流经武汉市区的江段北岸，全长七公里，总面积一百六十万平方米，是一处集公园、体育场、游乐园、森林景观带于一体的游乐公益场所，是中国最长、最具滨江风光的城市公园，也是亚洲最大的滨江绿化广场。

江滩内不但建有多处具有现代格调的游览与集会广场，而且亭台楼榭，小桥流水，并且分布着众多反映明末清初码头城市景象和当代生活的雕塑。整个公园花木密集，栽植有银杏、紫薇等乔灌木一百多种，绿化率达百分之七十。风和日丽的时光，宽广的江滩鲜花碧树，绿荫夹道，芳草茵茵，一路与壮阔的江水相随。

汉口江滩建成于新世纪初始，从昔日烂泥滩成为一道壮美的绿色长廊，是武汉城市建设的大手笔之作，也是一座靓丽迷人的城市庭院，早已成为市民接待客人的必到之地。

汉口江滩与沿江大道林立的欧式建筑比邻，与江汉路步行街相接，西起著名的江汉关和武汉客运港，昔日的长江大港遗留的船形码头建筑，已成独特景观。

江滩公园往下游延伸，途经武汉长江二桥和二七长江大桥，沿途滩涂芦苇丛生，杆高叶翠，密不透风，秋后更是芦花摇曳，气象壮观，与滚滚江水汇集成一道特有的风景线，并由此派生出一年一度的江岸芦花节，引来许多游客。

十里烟波，十里园林，十里长滩，十里画廊。

上海外滩闻名于世，武汉为我们拥有更美的汉口江滩而自豪。

时尚生活的标志

武汉天地，是新世纪初年崛起于武汉长江二桥汉口桥头的一片时尚街区，占地六十一万平方米。此地原为日本租界，抗战期间被美军轰炸，几近废墟，战后经过修缮，保留了九栋公馆式老宅，成为幸存的租界建筑。武汉天地在建设中，充分尊重历史记忆，再现老汉口风采，悉数保存了旧时公馆和二百余株古树，既有林立的参天高楼，也有风格典雅的西式洋房，实现了这片旧城从残败到优雅的蜕变。

如今这片新区，百年老屋和百年大树相互衬映，那赭红砖墙的和式矮楼，那新建的青砖步道、木质露台、巨石花盆、玻璃幕墙，掩映在成行的绿荫之中。历史与现代元素在同一个空间内和谐并存，商业价值、文化价值、创意价值在这里毫不冲突，使之成为集时尚生活与最新设计理念于一体的国际化商业区，成为代表武汉都市生活的新地标，成为大都会时尚潮流的新标志。

武汉天地里有不少高档餐厅，但一点也不妨碍风味小吃的同在；有艺术展厅的阳春白雪，也有酒吧咖啡馆的幽暗温馨；可以在书店里静静品味书香，也能在电影院里嚼着爆米花看大片。

传统、现代、时尚、怀旧、雅致、大众，这些词都可以用在这片流光溢彩的新区，但没有哪一个词能概括它的全部。武汉天地更属于都市中追

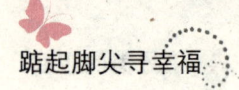

寻新潮品质生活的年轻人,更能显示出都市生活的本质。

来自世界各地的文化团体和民间文艺爱好者,到武汉天地进行文化演出和文化交流已成常事。不经意间,这里已成为一处国际民间交流的平台。

都市"慢生活"走廊

当游人来到黎黄陂路附近的街口,都能看到一块"街头博物馆"的碑样标示。其实,这处独特的博物馆所陈展的却是周边街区的特色楼房,陈展的是这里的生活情调。

黎黄陂路只是一条并不宽敞的小街,全长不过一华里,南起沿江大道,北至中山大道,中途与洞庭街、鄱阳街、胜利街等街道相交汇。只需听听这些熟悉的街名,就不难想象这片街区处在怎样的中心地段。与黎黄陂路交错的珞珈山街,就是早年闻名遐迩的高级住宅区。如今,黎黄陂路两侧保留着十七处租界时代遗存的欧式建筑,集中展示了曾经作为租界城市的老汉口在建筑形态上的历史演变。

在列强侵占时期和民国年间,黎黄陂路一带不仅是武汉最具摩登气息的街区,而且也是风云际会之地。这里多次发生过影响中国历史进程的重大事件,也先后设立过许多重要机构,现今保存的有中外闻名的共进会旧址和八七会议会址、中共中央旧址、中共中央长江局旧址。此外,国民政府财政部、武汉守备总指挥部、国民党汉口特别市党部,以致五十年代初期的中共武汉市委,都曾设于这条小街。这片街区的大道小巷,都留有中国社会变迁的烙印,它们的每一扇旧式门户和别致的窗棂,都能透出一种神秘与深沉。

今日,经过政府对其"整旧复旧",这片静静的街区显得更加洋气,更加风雅,依然散发着"小资"的情味,依然引领着生活的时尚。无论是白天还是夜晚,这里的街巷都没有喧嚣,也没有这座滨江大城的火辣,只有那些略显狭窄但充满着近代风情的西式马路,只有鳞次栉比的欧式房屋的典雅造型和寂静的院落,让人联想沧桑逝年。更能诱发游人兴趣的,还

 第一辑 追寻美的履痕

　　有整条街道的艺术画廊，一家挨一家的店铺摆满了油画，那装饰精美的画框和文艺复兴时期的艺术风格，别有情致。某个小院里还有上世纪初年的老爷车和堆陈的酒桶，沿街一间挨一间的茶屋、酒吧、咖啡厅，多得数不过来，只见烛光微颤，窗影朦胧，真的能够让人实现"穿越"，穿越到百余年前的老城时光。

　　黎黄陂路"慢生活"街区，是大汉口神采与气质的延续，它以特有的宁静和浪漫，使无数现代年轻人向往和沉迷。当你漫步在这里的街巷，总有一种莫名的意愿和力量拽住你的脚跟，让你留恋，让你驻足。

生命是一条艰险的狭谷，只有勇敢的人才能通过。

——米歇潘

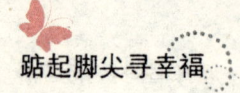

世外村落

越过几道山岭，当山脚下的村落清晰地出现在我们面前时，我第一个感觉是，它曾经是一个古老的故事和生动的传说。

　　江南大山里的那天下午，阳光格外充足。主人带我们看过几株高大如古柏的红豆杉之后，说山下不远处有个村子，不怕走路的就去喝喝茶，我们的车辆将在村里等候。

　　他说的村子，我想象可能是一两户人家，难得在这原始森林的深山野岭见到人烟，便第一个跟了上去。接着，又不声不响地跟上来一排人。

　　越过几道山岭，当山脚下的村落清晰地出现在我们面前时，我第一个感觉是，它曾经是一个古老的故事和生动的传说。

　　我从未到过这样封闭的深山村落。说它封闭，是四周的群山错落有致地矗立着，只留下一个狭小的谷底，小村安然静卧在群山严严实实的怀抱里。

　　我们还在村后高高的山坡上，就远远地感受到了村里的鸡犬之声。延绵不断的山脉多少年来总是那样沉寂，只有深藏在这万山丛林里的村子，时刻搏动着生活的气息。

　　我们不断向村庄靠近，狭窄的菜地出现了，有片地里躺着一块朽烂的树心，通体透着悦人的粉红色，有人说它是红豆杉的遗骸。

　　随便一块菜畦里，也可见大山的沧桑，这就是深山里的人家。

　　我家祖祖辈辈生活在开阔的丘陵，每当走进这样的山村，总感到是一种别样的体验。

小桥，流水，村子，飘散出山外水乡的几分风情。一条溪流穿村而过，给了小小山村以独特的意象。那也是小村的生命之源，过去多少年中，村人靠这条溪流取水为炊；现在，全村还得靠它来浇灌山边树丛间那一片片零碎的庄稼地和星散的菜畦，还得靠它来浇灌生活，浇灌小村漫长的岁月和大山密林间的希望。

这条山溪之于小村，就像长江之于我们那座特大城市的意义。同样是依水而起，同样是一水穿流，但前面两者之间的构图及其密切关联，要远比后者精巧、清晰、直观，并且更具有诗情画意。

寒冬的山溪中，只有淅淅沥沥的涧水漫过冲积的卵石和沙砾，可那花岗岩砌成的拱桥却能让人想到夏季溪流的咆哮。

石拱桥有着好几米的跨度，内拱石面切凿得十分整齐，而桥面却保留着大大小小石块极不规则的原样，看上去比菠萝的表皮还要坎坷，既显得坚实古朴，又有点现代艺术的所谓个性。不过，在石拱桥往下几十米的下游，倒是有一座"原生态"的小桥，桥面用直木拼铺，唯一的桥墩是用竹条潦草地打个围子、中间堆满石块建成的。桥下几只觅食的白鸭，神态轻松而悠闲，它们对"桥梁"不存在丝毫担忧。扛着沉重竹捆的村民和身后的花狗走在桥上，步履中也从来没有过丝毫慌乱。

即便是在当今的开放时代，这个世外村落的一切，依然有着各自纹丝不乱的法则。

当然，演绎小村千百年历史的，不是山神云怪的传说和枯树奇崖的故事，而是笨重又辛勤的砍刀、镢头和单调却温馨的炊烟。

我们的越野车来了，高大的交通车也摇晃着开到了小拱桥边的空场上，几只狗远远地狂吠不止，整个村子都出来迎客了。

小村待客的方式也是独特的，他们只用眼神。老老少少随意地站在桥上、溪边，或竹堆旁，保持着一定距离望着我们这些不速之客。大大小小的几个孩子，没有一个人"来疯"。连我们一同到来的那位戴着礼帽、蓄着长髯的王洛宾模样的老兄，也丝毫没有引起村民的好奇。他们只是出来看看热闹，没有人打听我们这些操着不同口音的男女老少来自何处，更没有问我们翻山越岭跑到他们那儿干什么。

他们不清楚，也没有必要弄清楚，但他们却又非常清楚。

他们为客人泡了茶，用的是一次性纸杯。

在进村的路上，我就强烈地感受到了小村的变化。在村口的溪流边，老远就看到一幢三层"小洋楼"鹤立鸡群；有的人家房屋虽是老式样，但大门却是铝合金的，并且有防盗装置。

小村已经与山外的世界联系在一起了。

因而，当小桥上那个老汉因为手中一支竹兜铜锅的烟斗引来几部相机时，他一点也没有感到不自在。在炮筒似的镜头前，他反而从容地坐了下来，燃起烟锅配合着客人。老人神情自若，有时在微笑中故意露出几分顽皮，让围观者忍俊不禁。

和全国绝大多数乡村一样，村里年轻力壮的人都外出打工去了。好在为我们备茶的那家有个面目清秀的小伙子，但一看也是个在山外闯世面的。于是，我指着地上堆放整齐的粗大毛竹，向他询问行情，他非常熟悉。他说毛竹论斤卖，每斤一毛多钱，一根碗口粗的整竹，要把它从根部砍倒，再从陡峭无路的密林里扛出来，最后也只能卖几块钱。他把我领到一堆经过劈削的竹皮面前，说这样做了一次粗加工后，价钱好一些。这里盛产毛竹，当地政府一直在联系销路和价格方面帮助山民，但行市并非像乡镇干部介绍的那么乐观。

陪同我们游览的景区管委会主任介绍说，在公路未通之前，这里有些老人一生都没有出过山门。所以，他们千方百计筹资修路，我们游览途中就看见几条水泥公路正在抓紧施工。同时，他们还从深山老林转移了一批散户居民到山外永久居住。

我想，这个开放而宁静的山村是不会被移民的，大山不能没有这个小村。

等到哪天这里的旅游业形成之后，我相信很多游人都会怀念这个山村。当然不会是因为远来的人们对他们怀有什么好奇，就像他们早已不感到山外来客有什么好奇一样，但人们会记住小村的风情，记住这里的山民。

第一辑 追寻美的履痕

每个人来到这儿，都会感到小村的山民是那样生疏，同时又是那么熟悉。

那个下午，我还在打量着一个身材不高、衣着有些破旧脏污的村民，他总是以一种淡淡的眼神看着我们，有些迷茫，甚至有几分呆滞。看见他，我立即想到乡下的老叔。

老叔年轻时可不是这样毫无生气，那时的他健壮乐观，当了二十来年村干部。他虽然没上过一天学，可他能够读报写信，曾经极认真催促我好好写一篇批判资产阶级反动路线的文章，因为他听过传达，说"好的批判文章可以报送中央。"可那会儿我还是一个中学生，让他失望是注定的了。多少年后我回去探亲，才发现因为我婶子早亡，当年让村里人背后称赞过也咒骂过和惧怕过、并且老想入党的那个说一不二的村干部，早已变成没有言语的老叔了。

眼前这位村民还没有我这个岁数，看样子也没有我老叔那样的"辉煌"经历，可他的目光和神态，就像是对我老叔的模仿。他从头到尾没说过一句话，见我们起身准备离开，他也默默地穿过人群离去了。在他经过我面前时，我越发留意他走路的姿势，每一步都像极了，特别让我想起老叔双手捂着陶制暖钵走路的样子。

出村的路上我一直在想，这次"意外发现"看似是生活中一种寻常的巧合，实则是因为中国乡村的惊人相似，因为中国农民命运的惊人相似。

我不知道车子是怎样开出山谷的，村里人是怎样望着我们远去的。

我也没有问过村庄的名字，更不知道它的具体方位，只知道这里是百里大山的腹地。

一个伟大的灵魂，会强化思想和生命。
——爱默生

西行遐想

一轮渐渐西坠的夕阳,一抹徐徐升腾的孤烟,也能够深深地触动诗人的情思,让他勾勒出具有无限诗意的画面,千百年来,使无数读者情动于斯。

高原

苍凉!一个大大的词汇顿时占据了我的整个脑海。

当我从渐亮的窗外看到一望无际的草场时,才发现自己已经走进了西部高原。

列车一路呼啸,向西,向西。空旷的岁月在这里的每一块土地上都写满了那两个无痕的文字:苍凉、苍凉、苍凉。

茫茫草原,只有大块大块的云朵堆积在天际的地平线上,它们悄无声息,却在永不停歇地忙碌着,为高原的天空堆叠出一幅幅大写意。

整个高原唯一灵动的,是云朵。

高原是放逐风的地方,高原是放逐思绪的地方。

除了我们和奔驰的列车,高原上什么也没有看到,但似乎什么都可以感受到。

来到高原,你不知道要写些什么,但又感到这里的一切都在撞击着你的心灵。

没有田园阡陌的内地风光，更没有湖光山色的江南景象，空荡荡的高原，却是一个无比丰富的世界。

一轮渐渐西坠的夕阳，一抹徐徐升腾的孤烟，也能够深深地触动诗人的情思，让他勾勒出具有无限诗意的画面，千百年来，使无数读者情动于斯。

也正是那落日，那孤烟，将我们一次次带向遥远的塞外，带向壮阔的大漠，让我一遍遍地去想象在苍茫高原上滚动了几十个世纪的历史烟云，一遍遍地去想象在大漠深处滚动了几十个世纪的悲壮故事。

沙漠

愈是寂静，愈是让人的心魄为之震颤；

愈是坦露，愈是让人感到神秘。

千里戈壁，万里黄沙，几乎看不到生灵的气息，阳光下的死亡之海比黑沉沉的大洋更令人恐惧。

滚烫的空气蒸发了这里的每一粒雨滴，蒸发了这里的绿色，蒸发了这里的生命，只有远古的往事永远不会被蒸发。

内地悠久的往事，被先人们深埋在豪华的墓穴中，一层又一层地密封，再一层又一层地夯土，让其密不透风。而戈壁和沙漠的往事，却用羊皮或草毡裹起来，随便放置在某个沙堆里，任风晾晒，或者画在洞窟里，任风穿过。

尖厉的风刀在沙海中忙碌了千万年，雕刻出了浩瀚沙浪，雕刻出了一座座古老城邦的断壁残垣，雕刻出了一个个绿洲王国残露在沙砾中的辉煌幻景，雕刻出了那金樽玉饰、金冠皓腕的歌舞浮影，还有那隐约的佛塔、果园、作坊和夕晖下络绎不绝的远行驼队。多少西域王国的盛世景象和一部大漠古史，早已被漫长的时光雕塑风干。

然而，大漠无垠，先人随手丢下的故事和大风雕塑出来的神奇，没有方位，没有道路，更没有标记，让人无法追寻。跋涉在大漠热浪中的旅人，渴望的是绿洲和泉水；而此刻心随列车震动的我，也渴望见到几丛灌

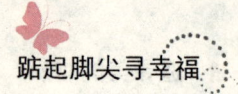
踮起脚尖寻幸福

木和一泓清泉。因为那种地方可能孕育过沙漠的生命，可能孕育过千年前的故事，可能孕育过几经沙暴席卷的英雄史诗。

列车追着风的足迹一路疾驰，载着我去寻访金戈铁马的古老战场和曾经有过的海市蜃楼般的沙漠古国的繁华与文明，去倾听早已被黄沙湮没的驼铃和发自那遥远城堡的悠悠琴声。

世界上只有一种英雄主义，那就是了解生命而且热爱生命的人。
——罗曼·罗兰

挥洒城市的夜色

在东山的一个林荫蔽日的坡地上有一座小寺，寺旁有一条弯弯的幽径通向一个渡口，在那并不那么宽的小河上，停泊着数艘小艇，在朦胧的月色下摇着数盏疏疏的灯影。这么短短几句，作者就为南国大都会勾勒出了当年曾经拥有过的江南小镇般的诗情风韵。

乡村纪事一直是散文的主打内容，但不知道从什么时候起，我开始留心起城市散文来。几年前，有位作家给我寄来一本新出的集子，自称是城市散文，当我迫不及待地翻阅之后，却再一次让我陷于失望。难道城市钢筋混凝土浇灌的楼宇森林里真的没法长出散文来？我一直在思考这个问题，在寻觅着答案。某日，重读广东作家卢锡铭的一部旧集，不过是随手翻翻，却意外发现作者原是个描绘城市的高手。尽管我读到他的这类散文不是很多，题材还不够开阔，他写城市也不是出于一种艺术自觉，但出自他笔下的城市景观和街巷风情却别具韵味，像他这样钟情城市色彩的作家还不多见，能像他这样写出城市个性的作家更少。卢锡铭的城市篇章，显示出了一个散文作家独到的艺术功力和审美境界。在当今的散文发展道途中，他留下的是一道探索性的痕迹，尽管这道痕迹是他无意识刻下的，尽管这道痕迹还不够鲜明。

卢锡铭写过国内外不少城市，但他写得最多的还是广州，这是他长期工作和生活的地方。面对广州的一条老街，作者稍微"振动一下想象的翅

膀,"就修复出了它曾经让四方来客为之着迷的面貌:在东山的一个林荫蔽日的坡地上有一座小寺,寺旁有一条弯弯的幽径通向一个渡口,在那并不那么宽的小河上,停泊着数艘小艇,在朦胧的月色下摇着数盏疏疏的灯影。这么短短几句,作者就为南国大都会勾勒出了当年曾经拥有过的江南小镇般的诗情风韵。

他写城市鳞次栉比的森林高楼,写城市川流不息的人潮,写城市的湖泊,写古老城堡,写城市雕塑,写城市的种种侧面,总是那么鲜活灵动,总有那么一种浓郁的诗意沁透在字里行间。而正如前面所列举的这幅小街夜景一般,我发现他对城市夜色情有独钟,观察得尤为细致,作为城市独特景观的夜色,在他笔下更是出神入化。比如他写《珠江夜韵》:"一幢幢高低错落的楼宇,闪烁着七彩霓虹,几座标志性建筑的饰灯,在珠江上空来回照射,活像一条条蛟龙驾着薄雾在江中挥舞。天宇码头的游船出动了,它们在江面上穿梭游弋,一串串彩灯把它们勾勒得玲珑浮凸,仿如一座座金山银岛在江中浮动,各种光与影交织辉映着,就像天上突然倾翻了万篓珠宝,璀璨得令人咋舌。"每每写到城市之夜,他显得格外得心应手,写起来洋洋洒洒。

到欧洲作短暂考察观光,他依然不忘留意城市夜色,尤其是西方那些著名的都会,更使他沉迷于其夜景。他到斯德哥尔摩的日子并没有碰上诺贝尔奖颁奖典礼,但他却想象了整个首都、整个瑞典节日一般的盛典,并且还是以夜色展示的:"每当夕阳沉入波罗的海,整个斯德哥尔摩张灯结彩,连停在海湾上的那一排排游艇,都挂满了闪红流绿的彩饰。整个水城仿如一座水晶宫殿。"作家对城市夜色浓墨重彩的描绘,更能使人随着他彩笔的挥舞展开丰富的想象,也使他的文字更显得斑斓多姿。在他访问埃及归来写下的域外笔记中,仍然没有遗漏那里的城市和那里的河流,并且仍然绘声绘色地勾画了那里的夜景。尼罗河上,他与旅伴们把酒临窗,使他沉醉的却是一艘艘在夜色中穿梭的游船:"每艘游船几乎都挂着灯的流苏,尼罗河成了一条彩色的河,望着挂在尼罗河大桥上空的那弯新月,和远处忽明忽暗的十里渔火,望着岸上那影影绰绰的灯光和朦朦胧胧的楼影,竟有一种回到珠江的感觉。"作家对城市夜色特别敏感,尽管尼罗河对他来说还蒙着一层神秘面纱，更不同于浑身珠光宝气的中国珠江，但他凭着自己独特的艺术触角，还是绘出了异国河流的迷人色彩。

都市——河流——夜色，构成了卢锡铭的城市篇章中最具美学意义的审美要素，也成了他的散文中尤为引人注目的一道艺术亮色。

他说："夜色的灵魂是赤裸的，从某个角度说，它最能折射出一方水土的文化底蕴，尤其是城中河的夜色，这种折射就更为明显。"难怪他这么迷恋于夜幕中的广州珠江和南京秦淮河，迷恋很多城市流过夜色的河流。秦淮河的桨声灯影，伴随着散文名篇已为天下读者所熟悉，但卢锡铭仍然要到这处著名的景观中去体验出自己笔下的夜景，为此，他三泊秦淮，终于寻找到了他心目中"月笼烟水，灯影迷离"的秦淮夜色。这使我想到他笔下的瘦西湖，这道被称作"湖"的河流，原本是扬州的护城河，因为作家是在一个行色匆匆的白天去游览的，以至于没有找到"感觉"，连他想象中空蒙的山色、激滟的波光、婉转的莺啼和沉雄的钟声，也全都无影无踪。我想，如果作家是在一个晴朗宜人的夜晚来到扬州，他的篇章里一定会充满瘦西湖之夜的美妙图景。

其实，卢锡铭迷恋城市夜色，并非只是城中河的夜姿，比如他写一个海滨小镇，写的就是那里灯火中的海湾："当那火红的夕阳沉入红海湾，黄埔镇骤然亮起了万家灯火，那高低错落的鞋店的霓虹灯，变幻着七彩的光芒，与红海湾浅水滩养殖场忽明忽暗的渔火以及天上闪烁的繁星交织在一起，真让人分不清哪是大海，哪是陆地，哪是天上，哪是人间。"可见，这位散文作家擅长描绘浩瀚的灯海，也擅长描绘高楼峡谷中生活的河流。连他写广州的图书馆，也选定的是夜晚视角，题为《夜幕下的图书馆》。他描写在高空俯瞰城市夜色，形容旋转餐厅"就像那扫描仪不断在转动着三百六十度，把夜幕下的城市尽收眼底。那万家灯火，在高高低低大大小小的窗口眨着眼睛，那主要的马路车流如泻，像一条流动的彩色的河。那些标志性建筑更像一名贵妇，浑身闪烁着珠光宝气。"只要他的笔触探入城市夜色，必然是流光溢彩，必然是诗情奔涌。

与其说卢锡铭写的是城市夜景，不如说他写的是城市的特征和个性。他说，北京长安街十里华灯璀璨得像天上的银河，故宫、颐和园和圆明园

的灯火显得神秘幽暗，使京都之夜仍然显示出白天的大气。重庆的灯火高低错落，让人分不清天上的星星与人间的灯影，体现了这座山城山水一体的独特韵致。南京在月挂中天的时分，更像一位薄施粉黛的仕女，更显几分妩媚。兰州给作家留下的夜色是，白马山的路灯如天梯一般直抵苍穹，黄河在朦胧的夜色里奔腾不息。他每到一个大都市都要去登高夜眺，而当地的友人总会尽量满足他的这一"怪癖"，我们则通过如诗的妙笔欣赏到了不同的城市夜景，又通过这种夜景欣赏到各个城市不同的人文风情和文化内涵。

卢锡铭笔下的现代城市彩绘，每一幅都追求的是诗与画的交织、情与景的融汇。除了夜景，他描绘都市的其他姿态，也同样没有以抽象的语言去罗列概念，他通过一座洋楼，或者一个花园，一座教堂，一条小径，去回顾一个城市或一条老街的历史，使那些往事有了画面，有了动感。《寺贝通津那条小街》就是这么写的，不但写出了这条百年老街的沧桑、宁静，而且写出了小街优雅散淡的气质。对于扬州，他不但列举了千年前诗家们吟咏扬州的名篇，也写了作为商业传承的扬州炒饭和修脚技艺。但作家对扬州文化的介绍没有停留在这种大众常识的层面上，进而通过这里的冶春码头、绿杨村市场和扬州船娘，讲述扬州的历史与风情，仍然是诗画并用。他以茶舍、船影、古亭、酒旗这类极易触发读者想象的意象，串起一件件古老的典故，组成一幅幅市井场景，这样的画面在历史与现实之间来回穿插，交相辉映，每一幅都浸润着诗意，有如水墨，但又不失真实，有些就是眼前的此情此景，让读者沉醉其中。作者既向读者交代了古城深厚的文化底蕴，又赋予作品丰沛的美学意象，给人以审美享受。

众多的乡村散文中，不乏田野牧笛的诗意表达，但很多作者一接触到都市题材，就很难有那么得心应手了。以散文描写城市并不是什么新的领域，但对作家的笔力是一种考验。卢锡铭长期集作家、编辑家和出版家于一身，曾经获得冰心散文奖等全国性文学大奖，不但他的城市篇章在审美视野上定位很高，为现代散文拓展新的审美空间作出了尝试，而且他写其他题材的散文也同样具有很高的美学追求，比如他写过的南国乡村、西北大漠、异域见闻，或潇洒灵动，或沉雄壮美，赋予了作品诗性品质。

残阳古兵寨

越野车在山巅的峭壁上吃力地前行着。这只是一段新辟的弯曲路基,车轮碾过大大小小麻酱色的石块时,年轻司机紧握方向盘的双手也被震抖起来。坐在副驾驶位置上的我,心一直悬着。

绿林山的春色应该用壮美的字眼来描绘,尽管这里也有一些秀丽山水所具有的弯弯清溪、幽静石径和星星野花,但在我看来,它的壮阔和它的大气,并没有被这花红叶绿的季节所掩饰。

在我第一次走进绿林的那个冬季,在我撰写散文《绿林之光》的那个冬季,我曾经想象过春光中的绿林,想象过它的壮丽,还曾想象过自己将在某个春日再来这里探访。在今天这个清明后的假日,我真的来了,但我并不生疏的山道和景色依然让人沉醉。这座大山深邃的眉宇之间总透着一种神秘,总透着一种不凡的精神。

绿林,不愧是孕育过历史大风暴的英雄山水。

越野车在山巅的峭壁上吃力地前行着。这只是一段新辟的弯曲路基,车轮碾过大大小小麻酱色的石块时,年轻司机紧握方向盘的双手也被震抖起来。坐在副驾驶位置上的我,心一直悬着。

南寨到了,原来是一片开阔的山顶。山顶正中立着一间白色的小屋,方正而高挑,像座碑塔,格外醒目。导游说,那是一座废弃的电视转播塔,只有那圈石墙才是历史遗迹。石头寨墙大部分是绿林起义军垒起来的,也有些是抗战期间国军将士留下的。据说,1939年日军从湖北安陆方

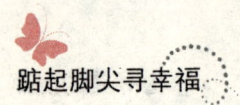

向企图西进，国民党第29集团军顶着日机的狂轰滥炸，在这一带坚守了几个昼夜。绿林山好像生来就与英雄壮举连在一起，生来就与惨烈战事连在一起。

我心中暗暗有几分感奋。

海拔八百多米的南寨，不仅是绿林一带的最高峰，也应该是那段辉煌山林史的最深处。

山顶的土路边虽然散落着或干或湿的牛粪，但我们到来时却没有见着任何活动之物，空旷的山场异常宁静。再想想车后那段未成的险道，这处高地仿佛是与世隔绝的神秘之地。

上次来绿林，主办方没有安排我们到这里，也许是因为道路不通。我想，如果不到这地方，怎算自己到过绿林？

走进寨子，我一次次俯身观察那些坚实的墙基。墙体多以大型石块垒筑内外两侧，中间填以碎石，从其厚度和工程量来看，显然不是临时性的防御工事。乱石堆中，我还随手拾到过久经风雨淋磨的青色残砖。

昔日英雄为何要选择如此高地安营垒寨，假如官军将他们逼困至此，他们还能否有生命掀起更大的反莽浪潮，这座兵寨还能否再生一个大汉王朝，都很难说。可惜这一切，历史都没有具体记载。好在当地的京山县志记下了王匡、王凤叔侄为今日三阳镇康家塝人这一笔，否则，绿林山究竟是在湖北京山还是在湖北当阳更难说清。

山下的康家塝离我们很远很远，南寨也被我们抛在车后，这正是残阳西坠的时分，我再三回首，只见那一圈古老的蜿蜒残垣，将云高天阔的高地衬托得更加遥远和苍凉。

这景象不知为绿林的春光增添了多少壮色。

荣誉妒忌成功，而成功却以为自己就是荣誉。

——让·罗斯唐

巨川三关

最上游，那是一道刚出家门的少年的旅程，一片坎坷，一片荆棘，它不熟悉路，也没有路。它只知道大海在东方，于历史的苍茫中开始了艰难的跋涉。尽管一种力量不时地戏弄着它，但它永远朝着海洋，朝着太阳初升的地平线，朝着自己的方向，千曲百折地走过来了。

一项举世瞩目的跨世纪工程即将兴建。

中外游客纷纷走向长江，来到三峡作告别游。三峡，在湖北宜昌，在葛洲坝水利工程枢纽的上游，已成为人皆共知的常识。然而，三峡是指重庆和湖北交界处长江上的三段峡谷，分别叫瞿塘峡、巫峡、西陵峡，这点未必大家都知道或能说得准确。

近十多年间，我多次到过宜昌，但一直没有机会游览三峡。八十年代初期，某飞行团政治处的同志利用一个星期天，陪同我到过南津关，那天我们游了擂鼓台、三游洞等景点。但是，深深刻在我脑海的，还是不作"景点"的南津关的奇峰异水。

南津关位于三峡东口，是西陵峡的终点，也是自下游进入三峡的起点。它和瞿塘峡入口处的夔门，并称为三峡首尾两端的天然门户。因此，

南津关还是长江中下游的天然分界线。这里地势险要，两岸峭壁高耸，如削如劈，如墙如城，江面如瓶颈，紧锁滔滔大江。站在绝壁之上，俯望涧下奔涌的江水，你不难领略"雄当蜀道，巍锁荆门"的绝妙形容。当江水一出南津关，河床高程便骤然大幅度下降，江面也急剧展宽，地势的落差使江流形成了波漩涛涌，翻花滚浪的奇观。"送尽奇峰双眼豁，江天空阔而夷陵"，这是古人自三峡而下出关时的感慨。反之，自下而上的游人来到这里，更能通过高低宽狭的悬殊对比，一下进入三峡伟观的境界。

南津关给我留下了关于三峡的瑰丽想象。

二

冲出峡谷，奔向宽坦的河床，那是巨川的"高速公路"，河流显示出它的浩荡之美。

然而在此前，当长江涌进深峡，巨流在沟壑中争相夺路，那便是河道的狭窄小巷，更能显出它湍急的雄姿。

那美，是坚韧不拔的雄性气概，是不畏艰险，力排万难的刚毅性格。

面对这亘古不息的轰轰烈烈的场景，我们看到一种伟力与另一种伟力顽强较量的壮美。

因而，没有目睹过三峡，或者说没有想象出三峡奇伟的人，不能说他真正认识了长江。

最上游，那是一道刚出家门的少年的旅程，一片坎坷，一片荆棘，它不熟悉路，也没有路。它只知道大海在东方，于历史的苍茫中开始了艰难的跋涉。尽管一种力量不时地戏弄着它，但它永远朝着海洋，朝着太阳初升的地平线，朝着自己的方向，千曲百折地走过来了。

中下游，则是一位不惑的壮年之路。经过几番奋力开拓，它已完成了自己最艰险的路程。它以辉煌的成功向整个世界宣告：任何力量都阻挡不了它的进程，所有的险阻都对它望而却步了！

于是，它步入了本该属于它的一条大道，宽阔、平坦。于是，它开始了风雨不歇，昼夜兼程的行军。没有运力鼓气的号子，没有惊山动岳的呼

啸。它急匆匆地赶着还很遥远的里程。这时的长江，已显出它的浩大、沉稳和庄严。

那么，只有在三峡，只有在它的青年阶段，我们才能看到它那气吞寰宇的奋斗历程——

它从很古很古的世纪走来了。

它从一个星球的历史源头走来了。

它匍匐过荒凉的高原和阴冷的沟谷，曾征服过许多狭关险道，携着一种征服的力量，走近了气势险峻的夔门。

这是天地造化时为它设下的第一道雄关。

它没有退缩！整个大地没有声响，山和海都屏住了呼吸，宇宙静得令人心跳，注视着一场壮烈的开辟，日月星辰都被惊圆了眼睛。

巨大的水力轰隆隆地向山体撞来。一次撞击，一次浪飞云扬；一次撞击，一次巅抖峰颤！

撞击。咬噬。那浪舌不是柔软的，每撞击一次，都伴有一次坚硬的舔磨。层层坚岩无不被浪舌舔穿。

瞿塘关被撞开了。

它没有停歇。巫峡关被撞开了。

紧接着，西陵关也被它撞开了。

亿万年奔涌。亿万年碰撞。亿万年冲涤。亿万年流淌。

三江的险关，长江的狭路，大地上雄奇的景观。

三

长江巨川的伟大历程，源于一亿八千万年以前的三叠纪末期，发生在我们这个星球上的印支造山运动；源于距今三千万年以前始新世喜玛拉雅山运动中，青藏和云贵高原的海拔上升和金沙江两岸的高山突起；源于三百万年以前喜玛拉雅山剧烈隆起，东西古长江的贯通合流。

我们手操石斧的原始先人的出现，目前至多只能认定在一百七十万年以前。遗憾，连他们也无幸睹见发生在我们这块土地上的巨川突开巫山、

切穿三峡的宏伟一幕。

先祖们没有看见,也就无法作出解释。所以,先先祖的后世,仍是我们先祖的上古人们,便传说三峡是禹王开出的,并说还有巫山神女命土星化作黄牛前来相助。云云。上下长江合流时,我们这位以治水闻名的祖宗的祖宗还不知在哪里。即便那时真有他,他那把木制的耒叉也无济于事。不过,古人的传说把开江之功附记在大禹身上,表达了自古人民所独具的改造山河的气概。同时也道出了一个真理:因流合势,人心所向,即是天地间宇宙造化的永恒不变之势。

三峡大坝筑起之后,高峡之中,云山之上,将出现一片浩瀚的湖泊。白居易所描绘的"上有万仞山,下有千丈水"的宏伟景象,才能真正展现在人们面前。

三峡胜景永远不会向人们告别。

一条大江一往无前的精神将永存于天地之间。

我们只有献出生命,才能得到生命。

——泰戈尔

人间仙境

称它是仙境,可仙境谁曾见过?过去向我们描绘天庭瑶池的神话作者,我敢肯定他们没有到过这地方,他们构建的神话世界远不如这里优美。

我们从玉龙雪峰下来,因为耽搁了时间,导游说只能带我们去看一个小景点。

景点果真很小,只是一眼泉水。在那座山腰间,一股巨大的泉流喷涌而出。

然而,在这片景地,有这泉水就足够了。

这山不高不低,涌泉处坐北朝南;这山不秃不繁,平整的山体上分布着稀疏的矮松,偶有裸露的青石;这山不陡不缓,人们依山势修建了几口池塘,将泉水分级截流,形成了几挂晶莹的瀑布;这山离城镇不远不近,那座古老而年轻的城市在山下清晰可见。

开阔的山势,面向山下大片的平原,远远望去,这山平淡无奇。

泉流干净利落地出现在山体表面,没有深涧沟壑,也不见阴暗洞穴。泉口独有一株高大的古树,繁茂而粗大的枝干不规则地弯拐向上,以其苍劲的雄姿点缀着这座大山的秀美。

千年神树负上苍之命,如将军般威严地守护着这眼圣水,卓然独立,坚定不移。

泉池周边点缀着鲜艳的野菊,星星秋蝶舞弄其间。

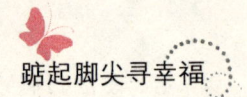

天上不可能有这般空旷宁静的园林；

人间不可能有这般天然秀丽的山野。

只有上苍才能造化出如此绝美的景致。

称它是仙境，可仙境谁曾见过？过去向我们描绘天庭瑶池的神话作者，我敢肯定他们没有到过这地方，他们构建的神话世界远不如这里优美。

古老的山体孕育了神秘的泉水，万年不歇的泉水孕育了那一方村落和悠久的东巴文化，孕育了一座美丽的城市。

这景点其实很大很大，它是生命与文化的源头。

令人遗憾的是，泉口的一侧却新盖了白墙红瓦的"古典式"建筑，用于设置管理机构和开设商店。一幅美妙的画面被人添枝加叶，使其原始的完美遭到了严重的破坏。这样的建筑为什么不能远些再远些？

人间仙境绝非是人类所能建筑或复制的，在上天的杰作上添加任何一笔，都是蹩脚的，甚至是愚蠢的。

内容充实的生命就是长久的生命。我们要以行为而不是以时间来衡量生命。

——小塞涅卡

第二辑

平凡与崇高

草原的上空，天蓝得耀眼，朵朵白云无依无托，缓缓飘移，有几只苍鹰在白云下自由翱翔。草原的远处，有莽莽群山，山与山的深壑间，有浩如烟海的白云缭绕。山的阳坡长着茂盛的青草，阴坡则长着大片葱郁的森林，森林碧绿苍翠，青黛一色。

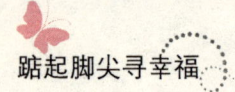
踮起脚尖寻幸福

伟人走出翠亨村

世人皆感疑惑,这可是几千年间一直被认为是没有开化的"蛮荒之地"?然而,从苍冥中伸来的那支时光的手指不可更移,伟人注定要从翠亨村走出!

  广东出版界的卢锡铭先生和几位朋友听说我要写辛亥革命,再三邀请我去中山故里看看,去广州看看。在一路呼啸的"高铁"车厢里,我很久保持着半躺的姿势,在思索这场革命的发动者和引导者,思索他赋予这场革命的宏伟境界和革命最终出现的抱憾结局。

  孙中山是谁,我们都知道,其实又未必"知道"。

  他是伴着陈年拷贝划出的丝丝杂音出现在银屏上的那个手执文明拐杖,如木偶般颠跳着行路的一个洋气老头儿;他是伴着年轻的宋庆龄出现在各种印刷物上的一个头戴白帽,身材并不伟岸的政治领袖。很少有人刨根问底地说起这个家喻户晓的伟人究竟伟大在何处,很少说到他对历史做出的不可替代的贡献,那时我们印象中的这位历史风云人物就更像失真拷贝里的孙中山那样,容貌不那么清晰。

  多少年来,我们读到的是他不改不弃地奔走于大洋之外,苦口婆心地募捐,苦口婆心地联络发动,还有绞尽心血地苦苦策划,然后伫立于海涛彼岸苦苦地等待,但一次次等来的都是失败。如果是仅仅是个人的一项事业,我相信他早就挥手而去了。可他是为了实现中国有史以来一个最崇高的信念,为了在中国建立一个健康而持久的社会。

第二辑 平凡与崇高

夜深人静的时候,我曾经掩卷沉思,先生所以伟大,所以高山仰止,所以前无古人,最感人的壮举正是体现在这种永不言败的信念追求上,正是体现在这些坚韧不拔的革命行动上。

十九世纪中叶,古老的中国被变异的气候折腾得愈来愈坐卧不宁,萌动的中华大地在期待一个人物,而在这个辽阔的国度,许多地方都有可能孕育出这样一个超凡的人物。但是,数百年间作为全国政治中心的京畿地区被排除了,历史上长期是帝王之州的中原地区被排除了,三秦被排除了,荆楚被排除了,连在历史上出尽了人物的东南沿海也被排除了。最后,历史的目光停留在南海之滨一个不起眼的角落,稍加辨认,它就以极其肯定的手势指向了香山县的这个小小村落。

世人皆感疑惑,这可是几千年间一直被认为是没有开化的"蛮荒之地"?然而,从苍冥中伸来的那支时光的手指不可更移,伟人注定要从翠亨村走出!

有资料介绍说,翠亨村东临珠海,西为群山起伏的五桂山脉。其实,我感到没有必要为一个小村展示那么大的地理背景,倒是展览馆的一座沙盘让我们领略了翠亨村的"风水"所在。在香山县两道不高的山岭之间,一条兰溪蜿蜒流过,溪流一侧有个叫山水井的地方是片平畴,翠亨村就坐落其上。

不过,所谓风水宝地并没有给更夫孙达成带来什么优裕,他们一家人过着贫寒卑微的日子。今天的游人通过展室的照片来看,如果说这个极其普通的农家有什么与众不同,那就是其男主人面容清癯,女主人则显得富态端庄,而他们最有作为的儿子却承接的是母亲之"福相"。虽然没人将这种遗传结构称作"最佳遗传模式",但我相信会有越来越多的游人发现,此后出现在湖南湘潭韶山冲那个举世闻名的农家,在这一点上与其有着惊人的相似。

伟人所以从这个沿海小村走出,是因为历史已开始进入海洋时代,过去偏僻的海隅变成了时代的前沿。历史的风声雷鸣在中原大地上经历了几十个世纪的呼来滚去之后,不由转移到了南中国海滨,历史的焦点一时间也随之南移了。

或许，中华民族一个灾难的世纪是从南中国海开始的，这里就必须孕育一个超凡的人物来拯救这个民族。

对于孙家来说，他们之所以能够培育出这个伟大的儿子，是因为翠亨村村头的那条小路通向辽阔的大海，通向外面的世界。父亲孙达成早年在澳门当鞋匠，做裁缝，长达十六年，三十三岁回到村里，虽然他依旧贫穷，靠租种别人的土地和兼任村里的更夫养家，但他在幼子心中朦胧地描绘了一个不同的社会图景。同时，孙达成的二弟、三弟和长子孙眉也都到海外谋生。勤勉孝敬的孙眉曾经给地主做过长工，后来闯荡到檀香山，开商店，办牧场，几经打拼，终成雇工过千、拥有两万亩牧场的一代富侨。孙中山十二岁那年，他按照兄长的安排，随母远赴檀香山就读。第一次漂洋过海，使他"始见轮舟之奇，沧海之阔。自是有慕西学之心，穷天地之想"。这次为期五年的海外求学，催生了这位中国少年的壮志情怀。

一代伟人留给翠亨村最深的记忆，还是当初那个与村里其他小伙伴一样拖着长辫，一样见到货郎来了就往村口颠跑的小男孩。所不同的是，这个小男孩稚气的脸上有时候多了点难以觉察的少年之沉稳，有时候还能从他嘴里听到不像孩子的见识。当年的光脚男孩不叫孙文，也不叫日新和逸仙，只有个幼名"帝象"。这个名字巧合到伟人身上，是别有意味的，我不知道它是否给伟人故里留下过什么话题。

翠亨村那段苦难的童年使孙中山立志要改变中国，而他后来远出大洋的经历使他懂得了怎样改变中国。

我们今天看到的孙中山故居，并非是他出生时住过的屋子，而是在他二十多岁时由他的"大款"哥哥提供资金建造的，孙中山断断续续地在这座院落住过多年。

故居的院落并不宽敞，大门和围墙都很简洁。游人远在院外就可看见墙里面的一株躯干倒卧的酸子树，还有室内陈设的八仙桌及其人工仿制的形色逼真的满桌菜肴，号称"九大簋"。那些独特的牡蛎墙、做工比较考究的褪色桌椅和古朴的海碗鱼肉，让人感悟到南海的乡风，但无法与长期奔波海外的那位革命家联系起来。不过，走近那座小院，我们就想到有功于中华民族的孙氏兄弟。

第二辑 平凡与崇高

当年的长工孙眉,无意中为他曾经受过苦难的"长工社会"培植了一个最为重要的掘墓人。

母亲杨氏比孙父年小十五岁,这对贫困的老夫少妻当然未曾料到,他们生育的第一个孩子改变了他们的家庭,而第五个孩子却改变了整个国家。

当年杨氏带着孙中山远赴檀香山求学,那天清晨,走在村口小道上的这对母子,在高高的蒲葵下显得那么矮小。这位勤劳慈祥的母亲当然也不会想到,此时此刻她爱怜地牵起的这双柔软稚嫩的小手,后来牵引了一个民族,牵引了一场伟大的变革。

>>>
如能善于利用,生命乃悠长。
——塞涅卡

踮起脚尖寻幸福

我的第一个老师

一个雪夜，眼看没气了，无可奈何的父亲连摇篮一起将我丢到门外的屋檐下。约莫过了半个时辰，丁奶奶知道了，她说："自己的骨肉，总不能让他死在外面。"于是，她顶着逼人的风雪拉开门闩，把我抱了进来。

说到童年，说到读书，总要激起我对一位老奶奶的深深怀念。因为她和我的童年生活紧紧联系在一起，是她使我懂得了人要读书。

老奶奶姓丁。到我记事时，她除了身上那件没有补丁的青布衫，和她每天佝偻着腰钻进去臼米的一个门盖朝上的"揭柜"之外，家里再没有别的东西能给我留下印象。土改时，她借住了我邻居的空屋，便和我奶奶结下了姊妹般的情谊。我出生百天以后开始闹病，三天两头抽风，请过道士驱邪，也看过医仙，但总不见好。一个雪夜，眼看没气了，无可奈何的父亲连摇篮一起将我丢到门外的屋檐下。约莫过了半个时辰，丁奶奶知道了，她说："自己的骨肉，总不能让他死在外面。"于是，她顶着逼人的风雪拉开门闩，把我抱了进来。

那天晚上，丁奶奶笑了，笑得好高兴；她又哭了，是抱着我哭的，哭得好悲苦。

从此，丁奶奶总说我应该是她的孙子，她也从未有过孙子。两岁以后，弟弟出生了，我奶奶正好不大喜欢孩子，丁奶奶便有一百个理由把我搂进了她的怀抱，与她日夜相依。我一直和她生活到快七岁时她搬离为止。至于她半夜起来，怎样给不睁眼睛的我喂米粥，在大食堂为给我多争半勺清得照人的稀米汤，怎样与队长吵起来，我都没有记忆。但她给我讲的那些有关读书的故事，却使我永远难以忘记。

记不清是几岁的时候，她忽然想到要我学写字，就到山那边的小卖铺去买了支毛笔。半路上有人见稀奇，才提醒她折回去换了支铅笔。回来她还在唠叨："往朝儿上学堂都买水笔，现在兴这铅笔，一根木棍儿，哪好用？"那支铅笔并没有成为我写字的开端，而是我唯一的玩具。一天中午睡着后，铅笔从手中掉下来被小猪嚼坏。丁奶奶见我哭得伤心，赶黑前又去为我买了一支。

自那以后，丁奶奶便给我讲读书的事。古时候有人捉了许多萤火虫，装在鸡蛋壳里照着自己读书，后来中了状元；有人骑在牛背上读书，后来中了状元，做了大官，等等。每次，她总是边摇着纺车边对我讲，语气平淡极了。而这些简单的传说，在我的脑海比后来一流演员的表演刻得还要深。每回讲完，她总要说："儿，你要好好读书，读得高高的，读到山南二省去，也去中个状元，给奶奶出息呀！"讲到这里，似乎是她全部语言中最富感情色彩的。无论什么年代，我们都无法以任何理由，把老奶奶这种观念看作村妪的狭隘。有人做过不一定准确的统计，说全部科举史上共有状元五百〇三人，加上历代非正统政权所选取的文科状元，也不过五百五十一人。但是，几千年中形成的"状元文化"，所深深影响的仅是一个老太太吗？今天还挂在人们嘴上的"三百六十行，行行出状元"，不仍在以"状元"的桂冠去激励人们争优么！

有回我问她："奶奶，你读过书吗？"

"读了的，读了的。我上了一个月的学，逃学二十九天，那个月还是月小。"说完，她笑得眼泪就要溅出来。她见我不懂，又解释说："奶奶是一天学也没上过哟。"她还说，她连自己的名字都不会写，包括她姓的那个"丁"。她没有正式的名字，队会计在账本上把她写作"刘丁氏"。就是这个目不识丁的丁奶奶，却成了我终生难忘的第一个老师。

当然，她教给我的不是文字的知识，而是对知识的崇尚。她不知说过

多少遍，以往学生伢每天上学前，都要向孔夫子磕头，现在不兴了。但千万不能让孔夫子生气，比如上茅厕不能用有字的纸，等等。她盼着我好好读书，说明她对我这个非亲非故的孩子进行精心抚养，不仅是对幼小生命的怜爱，不仅是为了某种精神上的满足。她养育的是一种追求，是神圣而纯朴的母亲的期冀。

满七岁后，我上学了。丁奶奶常到山冈上那座土垒的小学校去看我，有时候还从布襟里掏出条生黄瓜什么的，她站在教室门口，用浑浊的眼神目不转睛地看着我。那是个复式班，一个老师包下了两个不同年级的全部课程。有天，老师正给四年级上课，问省大还是县大，他们都无人回答。我胆怯地说了句"我晓得"，老师便破例同意我站起来回答。接着，他批评四年级同学说："你们还不如一个二年级学生。"就是这次答问，不知让丁奶奶乐了多长时间。她见人就说："我这孙伢读书强哩。"

高中毕业不久，我就回到公社中学当了教师。年已八旬的丁奶奶，高兴中还带着几分得意，她以为自己的话得到了验证。但每回去看她，她仍然说的是读书的事。仿佛她不知道世界上有教书的，只知道读书。

后来，在我服役期间，父亲突然来信说，丁奶奶去世了，他去参加了她的葬礼。直到现在，我还时常默默地告慰丁奶奶：我没中什么状元，也没做什么大官，但我还在读书。

生命是美丽的，对人来说，美丽不可能与人体的正常发育和人体的健康分开。
——车尔尼雪夫斯基

父亲的手

很多人曾经梦想用双手改变自己的命运,但命运却坚硬地千篇一律地改变了他们的双手。

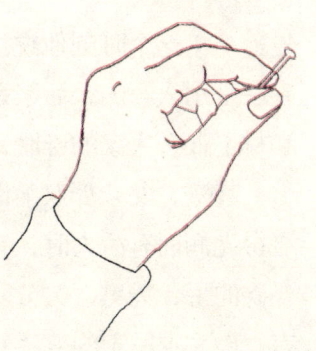

这些年回老家,父亲那双手越来越触动我的心灵。

那双手对我有着极其特殊的意义,它养育过我,养育过我的一家。至今,父亲和母亲还得依赖那双手度着他们晚年的生活。我们所以能够放心地远离他们,是因为那双手还能劳作。

父亲那双手与天下庄稼人的手没什么不同,别人不会关注它,也不会多看一眼,我却比以往更加留意它的变化。我每次回到小村的家中,父亲都闻讯赶回院落,我都会不由自主地暗自观察他卸下农具的手,关节更加突兀,粗黑粗黑的,黑得发乌。我内心还曾联想到卤过的鸡爪,联想过大猩猩的手,但马上意识到这样形容父亲的手是大不敬,也不能这样去描写任何一个辛勤的劳动者。

年届八旬的父亲明显衰老了。

他年轻时,每次都以握手的方式迎接我回家,后来不和我握手了,有时见面时,他的两只手还在忙着清理指间的尘土,动作很快,尽量不想让我发现。父亲是个穿戴很讲究的农民,至今走亲访友或去远近的城镇,仍然穿戴整洁,连皮鞋也要擦干净。

那双手天天在他眼前晃动,他自己或许没有感觉到它外形和肤色的变化,但双手抖索让他无法写水笔字,曾使他很是伤感。多年前,接连几个春节除夕贴对联的时分,他站在板凳上往门框上刷浆时,总要扭头对我重

复前一年这个时刻他说过的话："手颤，写不出来了"。那会儿，他手里的春联是别人写的，后来是从镇上买回的烫着金字的印刷品。而当年，我家和村上很多人家的春联，都出自父亲笔下。

其实，父亲那双手谁都不陌生。几十年前，在他还比较年轻，皮肤还显得光润而有活力时，有个美术家创作了一幅老农的肖像，画中端着粗糙瓷碗的手，黝黑，关节暴突，好像是画家依照我父亲的这双手构思的。还有，街头农民工的双手也被阳光和泥土染成了黑色，指甲里还塞着灰尘，很多人都见过。

父亲的双手是在老家那片小小丘壑里不停地耕作而变糙，变老，变黑的；中国农民的无数双手都是这样在辛勤的劳作中变糙，变老，变黑的。

这样的双手是命运造就的。

很多人曾经梦想用双手改变自己的命运，但命运却坚硬地千篇一律地改变了他们的双手。

父亲年轻时当过几年村小学教师，也曾有过争取转为公办教师的念头，但是即便转了，那点工资也养活不了一家人，他最终没有拗过自己的命运。

听说乡村的下一辈几乎没人种地了，我最初感到几分庆幸，并且不认为自己的心思有多歪。如果亿万乡村依然一代代人用双手去维持自己的贫困与苦难，去为别人创造繁荣，他们就不可能从土地上解放出来。

父亲的手和亿万双这样的手，为我们创造了生活，而文明的时代不应该再有这种饱经辛劳的双手，我们的生活中也不应该再有这种特征鲜明的双手啊！

浪费生命是做人的最大悲剧。

——曼杰

巨人的坦诚与诙谐

一个天才的大脑,依托在一个瘫痪得叫人难以置信的躯体上,这是上帝对人类的一次开过了头的玩笑,是上帝对人类社会的一次恶毒戏弄。

晚上闲逛路边书摊,看到一本《时间简史》,顿时眼睛一亮,于是,我第一次捧上了这部当今驰名世界的科学巨著。说到它的作者霍金,人们都会想到那副长年被禁锢在轮椅中的歪斜的身子,和那张歪斜的脸庞,但他总是显得那么安详,那么睿智。现在只能靠眨动眼皮来表达伟大思想的霍金,活着已经是一部传奇,逝后将更是一部传奇。

一个天才的大脑,依托在一个瘫痪得叫人难以置信的躯体上,这是上帝对人类的一次开过了头的玩笑,是上帝对人类社会的一次恶毒戏弄。霍金降生到这个世界上,是我们整个世界的幸运,而如此疾病对他的折磨,也是整个世界的不幸。我和很多人一样,来读霍金只是出于一种敬畏,只是为了一种崇尚,至于能读懂多少并不重要。在我买这本书之前,原本就没有打算读懂它,但我看到了这位科学巨人的诙谐与坦诚。

霍金在这本书的开头就给读者讲了这么个有趣的故事:据说著名科学家罗素在一次讲演中,向听众描述地球如何围绕着太阳运动,说明地球是个圆的。没料到他刚刚讲完,一位老妇人站起来驳斥道:这个世界是平的,下面有一只大乌龟驮着。所以她认为这个年轻人讲的都是废话。年轻科学家并不生气,反而微笑着问她,那只乌龟站在什么地方?老妇人回答

说,你真聪明啊,这是个一只乌龟驮着一只乌龟、一直驮下去的"乌龟塔"呀。照这位老妇人的说法,那座"一直驮下去"的乌龟塔最终立于何处呢?罗素没有问,老妇人没有回答,霍金也没有写。看来全世界有关地球的"蒙昧答案"都是一样的。霍金幽默的讲述,使我想起儿时从乡亲们那里听到的传说,他们认为人类生活在一块有限的平地上,四只巨大的鳄鱼分别驮着大地的四角,只要有一只鳄鱼稍微动一下,就会出现地震。很多老人这么说,我父亲也这么说。那时,我从高年级同学手中借来了《地理》课本,就给他们讲五大洲四大洋,讲天空不是一只"倒扣的锅"。父亲念过私塾,似乎有些明白,其他很多人依然相信"鳄鱼"。

对我来说,读《时间简史》的最大收获,是它还"帮"我否定了两个故事。

打小我们就听说伽利略曾在比萨斜塔上做过一次著名的科学试验,后来我终于有机会来到了这座塔下,看到塔高不过几十米,两个铁球同时丢下来,凭人们的肉眼怎么能够判断出它们是同时着地、还是存在极其微妙的差异呢?心里更觉得这个被用来教育过无数世人的故事未免有点玄乎。可是翻译仍旧那么津津乐道,我回国后在《旅欧散记》这篇长文中,也那么绘声绘色地描写过这个据说发生于1590年的抛掷铁球的时刻。而霍金先生说:"这故事几乎不可能是真实的。"但伽利略的确做过类似的实验,将两个不同质量的球体从光滑的斜面上滚下。他还说,这样的滚动因为比垂直下落速度慢而更容易观察。

还有牛顿与苹果的那个著名故事,霍金说这也是不足凭信的。他说可能是由于牛顿自己讲过,或者打过这样的比方。读到这里,我觉得格外"解气",因为我从来没有相信过一个苹果会导致一个如此伟大的科学定律的诞生。霍金表示怀疑,他坦诚地说出来了,也许这个世界上只有他这样的科学权威,才能批驳这样的谬传。大师就是大师啊!

十多年前,据说西方曾发生过这么一个事情,有位老人在旅途中看到一位青年人正在捧读《时间简史》,于是便问他感觉如何,青年人回答说:"很好!"老人又问:"你能看懂吗?"青年人对此问题颇觉诧异,不禁反问道:"难道您看不懂吗?"没想到老人摇摇头,很坦率地说自己没有看懂。

 第二辑 平凡与崇高

"可以问您是干什么的吗?"青年人睁大眼睛问道。"苏联科学院院士。"老人答道。

我从来没有怀疑过这个故事的真实性,当我读起《时间简史》时,愈往后读,觉得愈发艰深。后面的大部分篇目,每个字都能认识,但每一句话都非常费解。

>>>
人生有两出悲剧:一是万念俱灰,另一是踌躇满志。
——萧伯纳

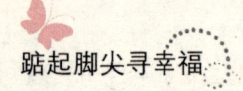

敬畏之后是忠贞

> 每个人的创作既是从自己开始的，也是从他人开始的，既是艺术触须的延伸，也是对他人艺术高度的延伸。

这是一个成功诗人的作品。

我所说的成功，并非是指作者获得了多高的文学地位和社会影响，而是说她在诗歌创作上取得了成功。

总在忙碌，记不清这部书稿是什么时间送给我的，几个月了。因为在我印象里他们计划于明年出版，所以一搁再搁，最近老友终于发话过来，说别人书稿的校样早出来了，就等着你这篇"序"呢！我这才"醒悟"过来，得赶快安排个时间完成这份"作业"，特别是年轻作者盼着自己新著出版的那种心情，更应该理解。

为人撰序，往往是一种很被动的写作，无论别人的书写得如何，你都得做好自己接下的活儿。《当时明月在》是在网络上比较活跃、也写出了一批受人称道的人物散文的老友卢发生托我写序的。像我这样对网络比较陌生的人，自然对一些年轻作家和诗人也很陌生。这部诗文集的作者名字与厚厚一摞稿子一起第一次出现在我眼前时，我没有留意，因为作者是谁对我完成这次写作任务并不重要。所以，当我读了一部分篇目之后，才感叹地回到书稿的首页上来关注作者姓甚名谁。

这是作者的第一部集子，但我们通过收录其中的一百多首诗作可以看出，她是坚定地沿着诗的艺术走向一路踏歌而来的。

真正的诗的触须,是源于这株古老而深邃的艺术根基的,真正的诗创造必须是这种触须的延伸,延伸得愈远便愈是成功。这也是我肯定陈满红这部集子的一个最根本的艺术缘由。她的创作,始终是以坚守诗歌的美学立场为前提的,她的探索与创新是立足于诗歌经验而展开的。

我想,还是列举她的一些诗作段落来进行说明,比如那首《过人行道》,她开头写道:

红灯亮了
车河停止了流动
斑马线浮出水面
白色条纹被凸现放大
竖码成一首诗的形态

这几句诗在作者的作品里虽然不是最好的句子,但我从中感受到的是她那双诗的眼睛。熙熙攘攘的闹市长街,多少人千万次目睹,而她却从极其普通的斑马线中发现了诗意。

我总是这样踱步在你的山与海之间
测量你的长与宽
计算你情怀的面积
是否能容纳下这千般的爱

诗人在《山海之间》对爱情的表达,也体现出了她不俗的艺术手法。游历于这种被无数人写滥了的领域,她照样能够寻找到新的角度和喻象,寻找到新的诗意,从而给读者留下审美印象。她的作品里不但蕴含着比较丰富的诗美内蕴,而且语言清新流畅,节奏性很强,使人感觉出一种鲜明的音韵感,展露出可贵的诗歌语言特质。

虽然多年迷恋于诗歌艺术,并且同样从青春年华起步,但陈满红却没有某些女性诗作者的那种娇嗔与自怜,更没有那种脂粉气和矫揉造作的做

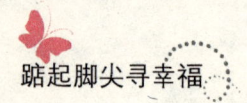

派。她的诗风端庄自如,显示的是一种落落大方的艺术气质。《当时明月在》所以能给我们留下这样的风格记忆,同样是因为作者保持了对艺术的敬畏,对诗歌的忠贞。她没有过多地去寻求"怎么写",没有醉心于对诗歌形式的把玩,而是努力地去表现生活,去写人生的真实。因此,她展示给读者的更多的是种种生命体验,是对生活某些本质的诗化诠释,使人读来别有一种感悟。

世界上最远的距离
是一首诗
我在一首诗里
丈量世界上最远的距离
一首诗用一生写完
我不知道这是不是最远的答案

《草语》中的这一节,带给我们的是对人生的一种哲辨思索。而且,她总是致力于诗意的营造和情感抒发,从不刻意地去凸现时代色彩,却反而使我们感受到了真切的现实背景,她也没有更多地追求对某种生活的深度楔入,却反而让作品散发出强烈的生活气息,一切显得自然娴熟。

在《离开是一种归来》这首诗中,她把人生喻作一次漫长的旅程,从最早离开"母亲的子宫和乳房",到最终回到母亲那里。"姐姐下车了不说再见/祖母告别的时候下着大雪,"她在过去的旅程中经历过种种伤感,但生命就是这样的。

在另一首《姐姐》里,她再一次写到对逝去的姐姐的深切怀念,可她没有直接去描绘年长她十岁的姐姐留给她童年的温馨回忆,而是说"十年的距离/就是你能伸手摘一朵桃花/而我只能低低地牵你的手。"她从姐妹年龄的差异着笔,为读者描绘了一个形象的生活瞬间,那个瞬间在某个春日,在花朵缤纷的桃林之中。正是这种令人怀想的诗意时刻,反衬了早逝的姐姐给作者的心灵刻下的无尽思念。许多年过去了,当某个清明节诗人再次站在姐姐墓前时:

> 我比你大十岁
> 姐姐
> 你还是那样年轻
> 阳光摇曳在你的嘴角
> 那颗黑痣是你美丽的心情

诗人再次调动这种手段,通过"年龄消长"来表达自己的哀念,不但深深感染了读者,而且还使我们对这些诗句留下了深刻的印记。

还有《我的四季》,她写道:"这个春天/很短/似乎省略了一个重要情节/就到了夏天。"这里,她为青春的短暂表示了一种心灵深处的遗憾。而她在另一首《春踪》里,对这种心情表现得更为明确:

> 春天早就来了
> 只是
> 开头被冬天纠缠
> 结尾被夏天侵占
> 窄窄的中间
> 还能装下多少浪漫

诗人笔下的"四季",形象地指喻着普通人生的整个历程,写出了她对生命过程的深刻领悟,写出了她对人生不同季节的感受,也表现出她对生活的深深挚爱。因此,她不仅仅为"春日苦短"而感叹,也喜爱炽热的夏季和岁月的冬秋。她写夏天:"绿色填满了所有枯萎的缝隙/蝉在叶子里独奏/它们都唱/这个季节不错。"(《我的四季》)同样,寒冷的冬季在诗人笔下也有另一番诗意(《冬至》):

> 许多故事在秋天已经归仓
> 冬天只适合收藏

立是开始

立冬却注定许多情节开始凝固

作者写"时间",写季节,写春夏秋冬,写出了诗歌的哲性启迪,接着还写了《年》。她把"年"比喻成一个顿号,是"每个人生命中的标点,"进而她还写道:

年不是分钟小时礼拜或者月份
可以默默流逝
年的离开
需要一个假期一些祝福
一些礼花甚至一种仪式
深刻地纪念

尽管老卢反复向我介绍作者的创作水平,有一种信任作前提,但我读过这样的诗篇,还是感到这部集子的艺术水准远远超越了我的想象和预期。

每个人的创作既是从自己开始的,也是从他人开始的,既是艺术触须的延伸,也是对他人艺术高度的延伸。在浮躁而混杂的当今诗坛,一拨又一拨不甘心失败的人以他们急切的行为实验过,他们试图寻找到通向艺术殿堂的捷径,并且许多人宣称自己成功了,可旁观者要比这些急于求成的信徒冷静一百倍。偏离艺术航道的所谓探索,只会是劳而无功,只会导致满脸鲜血和两手伤痕。陈满红坚持的是一条正确的诗艺道途,其作品内涵所追求的也是一种高远的精神走向。因此,她的创作中没有那种浮躁和肤浅,特别是对于一些读多了非诗作品的读者来说,她的诗更是值得品味的。

在这部集子的最后部分,收录的是二十多篇短文,大多是作者的旅游笔记、生活小品以及悼念故人的文字,依然充满着诗情与哲理。比如《祥林嫂是怎么死的》这篇,作者从自己独特的视角,对鲁迅小说中这个女性

 第二辑 平凡与崇高

主人公的命运作了深刻的剖析。写到祥林嫂被鲁四老爷扫地出门时,她说"这个女人自这一刻起,就已经死去了,"这样的笔法是简练而精辟的。虽然最后她将祥林嫂的悲剧归于其命运的马太效应,而不是罪恶的社会,似乎还有进一步解剖的余地,但这样的文章不但可读,而且好读。

人生不售来回票,一旦动身,绝不能复返。
——罗曼·罗兰

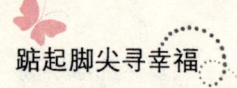

难忘大好人

说不清有多少编辑人员为我的作品付出过辛勤劳动，他们不仅编发过我的作品，而且给了我许多真诚的鼓励和帮助，使我们建立了真挚的情谊，这种情谊甚至远远超越了生活中常见的亲情或友情。

湖北人民出版社的《成功》杂志即将创刊，两位年青的编辑人员热情地登门约稿，并出了几个题目供我选择。面对这个刊名，我犹豫起来，因为我算不上一个成功者，要写只能谈谈二十余年来我在对文学孜孜不倦的追求中，许多相识或不相识的人给予我的支持。特别是一些报刊和出版社的编辑，他们是我作品的第一个读者，也是我从事创作的最直接最有力的支持者。到目前为止，我共在各地数百家报刊上发表各类作品一千五百余篇，上至《人民日报》《红旗》《诗刊》，下至一些地市报刊或专业报刊，几乎遍及全国三十个省市和自治区，先后出版了九本集子，说不清有多少编辑人员为我的作品付出过辛勤劳动。一批老少编辑不仅编发过我的作品，而且给了我许多真诚的鼓励和帮助，使我们建立了真挚的情谊，这种情谊甚至远远超越了生活中常见的亲情或友情。

我认识的第一个编辑

我参军后发表的第一篇作品是散文，是与一位爱好文学的战友合写的。军区报社收到稿子后,立即挂长途电话到我们所在团的政治处,通知我们前往商改。我们那个团是刚组建的,缺乏这方面的人才,所以这消息引起了"轰动",说团里出了"大秀才",政治处和连里的首长高兴得比我们还急,催着我们尽快出发。来到军区,我见到了自己相识的第一个编辑,他叫严金海,长我们十多岁,负责军区报的副刊。即使是在当时看来,为一篇几千字的散文如此"兴师动众",也是没有多大必要的,他说主要是看到我们的基础不错,想让我们来认识一下,以后好联系,争取"写出来",改稿不是主要的。在我们住军区改稿的一周里,他不仅多次向我们提出具体的修改意见,而且下班后还来和我们聊天,他讲的都是我们这种生活在山沟部队的文学爱好者从未听过的文学界的话题,使我们一下子懂得了许多,我好像从此知道了自己该怎样去争取当个作家。同时,他也使我想象中高大的编辑形象一下子亲近了许多。

一年以后,我随连队调防到另一个团,团部在大城市,团政治处仍把我抽调去专门搞写作。那年代时兴作者送稿,严编辑仍在办副刊,所以我有机会经常见到他。由于不好搭车等原因,有时赶到军区就该下班了,他总是把我的肩膀一拍,说声:"走,跟我到食堂吃饭去",每次都是他自己掏饭票。部队都有午睡的习惯,那时他家属还未随军,住单身宿舍。有一次,记得是一个夏天的中午,他有些疲劳,但又想留下我在下午商量稿子的事情,一定要我到他房间一起休息,就一张床,他执意让我上床睡,他自己却在藤椅上靠了一中午。那会儿年青,拗不过他,就上床睡着了,但这"细节"至今想起来仍使我感动。那时我还是一个"大头兵"呵。

几年以后,军区机关撤销,我们都转业了。严编辑在省委,我在市委,每次见到他,总有一种格外的亲切感。和我第一次同来军区改稿的那位战友,没有"写出来",很早就复员回山西老家了,严编辑仍然与他保持了多年的联系,还经常向我问到他的情况,总为他感到惋惜。

一个大好人

初学创作的阶段,我爱的是诗,因而认识了省报副刊的诗歌编辑李光辉，说他是个大好人可能再恰当不过。他只有小学文化程度，在乡下当过编织竹器的篾匠，是靠写民歌，写戏曲走出来的。也许是因为他的出身和经历，使他一直保持着天生的厚道，在我的印象里，他对谁都很热情。我在他面前是小辈，可他连普通长者的架子都没有，我也很愿意与他打交道。每次去编辑部，他再忙也要陪我聊一会儿，隔些日子不去，他就会在电话里问："小杨，你怎么不来呀？"

我们交往久了，他对我的关心就不仅限于创作上的进步，而且常问及我在部队的工作情况。当战士时，他关心的是我什么提干；提干以后，他又希望我能到连队去任职，说基层锻炼人，也有生活，对创作有好处。不久，我被提到了连职，他得知后很高兴，还戏言道："正好编就了你的两首诗，我早点安排发出来，给你在创作上也鼓鼓劲"。这种鼓励用现在的眼光看，也不能认为是俗气，而是一个长者对年轻人的真诚希望。李光辉是个非常质朴的人，他曾多次对我谈到，他不喜欢那种夸夸其谈，自高自大的人，并告诫我，无论取得多大成绩，都要防止骄傲自满情绪。对他的质朴，有的恃"才"傲物的年轻作者并不理解，当面央求他多发自己的作品，背地里却讥讽他"土气"。

在与李光辉老师的多年交往中，最令我难忘的还是1977年恢复高考前的一件事。那次我们在他办公室闲聊，说到我弟弟准备参加高考，他连忙问有没有复习材料。这材料是指有关单位专门为考生编印的一本内部参考读物，由于当时纸张紧张，印得少，很难弄到，此前我根本不知道有这种专门材料，因此我断定在边远县城教书的弟弟是不可能有的。李老师听后马上起身说："我两个孩子都准备参加，他们每人有一套，让他们合用一套，腾一套出来给你弟弟。走，跟我拿去"。那口气不容推辞。他家就在报社大楼后面的院内，当我们走进时，见他两个孩子各捧一本正背得聚精会神。离高考只有最后的关键一周时间了，他们对父亲的决定都面露难色，但还是服从了。我接过复习材料就匆匆赶往邮局，用挂号寄给了弟弟。几年后言语不多的弟弟才对我说起，他在考完后才收到，如果早一周时间收到，他考取的就不是一所普通的医学院了，因为考试的许多内容都在那本资料上。

李光辉退休几年后不幸去世，腾资料一事也过去了二十年，但我们至今想起来仍感激不已。仔细回忆起来，我与他的交往，除了编者与作者的忘年交关系，着实没有别的什么因素。那年月物资紧张，他只是托我在部队买过两斤白糖和几条肥皂，还坚持付了钱，也是唯一的一次。

又一个大好人

满锐，五十年代成名的满族诗人，退休前任北方文艺出版社副总编辑，黑龙江省政协常委。1986年，正当我的系列诗话《诗廊漫步》散见于各地报刊之时，他一纸书信通过武汉大学的《写作》编辑部飞到了我手中，让我整理结集，从此我们开始了十余年的联系。平心而论，《诗廊漫步》受到评论界和广大读者的称誉，只是一方面；此书能够问世，并在两年后再版，多次追印，还被提名参加"金钥匙"评奖，如果没有他的积极促成，是不可能有这样的反响的。他亲自担任了这本书的责任编辑，前后付出了不少心血。

我们之间的交往，开始就超越了一般意义上编者与作者的关系。自接到他的第一次来信，我就感觉出他是一个谦和诚厚的文学前辈，即使是《诗廊漫步》出版的愿望落空，我也会庆幸自己又结识了一个好人。后来我们关系的发展，也充分证实了这一点，按他的话说，"我们彼此都没有看错"。

出书的事情已过去好多年了，我们的话题也早已从文学转移到其他方面了，诸如对人生的理解或彼此对对方生活的关心，等等。作为前辈，他给了我许多关怀，尤其是在他几年前退休后，他来信更多，对我的工作和生活情况询问得更具体。我们的情谊日渐深厚，几乎无话不谈，彼此没有不可告诉对方的事情。他说，只要在新闻媒体上看到"武汉"二字，他就会想到我。有回他在电视中看到我家人的一个镜头，立即高兴地来信，对我们的生活给予美好的祝愿。那年，他在一次来信中索要我的家庭生活照片，我因为忙没有及时寄他，后来多次去信均不见复，他家的电话号码也变了，不知他出了什么情况，心中更加惦念起他来。春节前夕，我通过查

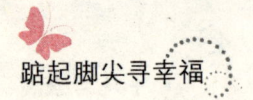

号台问到出版社的电话,才知他和老伴去了美国,他儿子在那里工作。他们是临时动意去的,走得很匆忙。许久,我终于盼到了他的来信,开头便是"任蒙,我的好兄弟!"使我倍感亲切。起初,他执意不让我称他为老师,我只好采取让他"不知不觉"的办法,突破他的限制。论年龄,论学识,他都是我的长辈和老师,但年龄和辈序没有成为我们之间的感情障碍。

我敬重满锐,更重要的是由衷地钦敬他的为人。对我来说,从他思想品格上得到的启示,其意义远胜于他在创作上给我的支持。记得他在退休之际曾给我来信说,按照正常的人生年龄,他今后还有几十年的路程,此时他对自己的告诫是"不要学坏,千万别学坏!"我想,这句虽然质朴却很现实的话,何尝不是一个正直老人对我们晚生的崇高警策呢?

然而遗憾的是,我从未去过东北,他也一直没有机会来武汉,我们联系了十几年,竟一次面也没见过。如今他又去了美国,我们说好等他回国后我们争取找机会见面的,我期待着。

一群大好人

这样拟作小标题,也许有"文字游戏"之嫌,但都是实话。我们许多老百姓说,孔繁森是好人,吴天祥是好人,大家好像都不会讲究什么评价性的字眼。其实,"好人"就是一个最普通也最崇高的评价。所以,我把自己交道过的好老师和好朋友都称作好人。

八十年代,我偶然发现上海有家名为《杂家》的刊物,是几个出版社的同仁联办的,便试探性地寄去了一篇短文。编发此文的是该刊同仁之一、上海文艺出版社副总编辑郝铭鉴,因此而与郝先生相识,后来他又编发过我的几篇文章。其中有篇随笔把乾隆的年龄记错了,直到快出刊时我才发现,急忙追信纠正。我怕这样也来不及,结果他们追到印刷厂改过来了,由此使我亲身感受到了上海出版界严谨的编辑作风。

那年,我到上海给郝先生挂了个电话,他听说我是第一次来沪,坚持要我第二天在宾馆等他。我考虑到他正忙于一项大的出版工程,加上当时

他们社的一本书出了问题,他是主要"责任者",正承受着很大的压力,实在不忍麻烦他。可他一再说,你支持过我们的刊物,尽管刊物早停了,但不能忘记老朋友,一定要见一面。第二天中午他把我接到一家百年老店,并特意请了学林出版社社长雷群明先生前来作陪。这虽然是一次编者对作者礼仪上的接待,但上海文艺出版社那时已平均日出一书,并办有《故事会》《艺术世界》《文化与生活》等九种刊物,不知要接触到多少作者。我想,他们对我的热情还是有"老朋友"的因素。

第二次去上海时,我再也不敢打扰郝先生了。《解放日报》文艺部的老主任沈扬先生,多年来编发过我不少杂文,也只是在离沪之前给他挂了个电话。这次,我见了诗人张启国,他是我的同龄人,在《轻工机械报》任副刊部主任。1992年我们在黄山的一次研讨会上相识,以后我们经常通信,渐渐心心相印,他尽其所能对我的创作进行支持。他让我去他家作客,可我下午就要离开了,再说我们一行有七八个人,不能耽误大家,他只好赶到宾馆和我们共进午餐。临别时,我们依依不舍,交通车开出老远,我还看见他站在宾馆门前望着我。同事们还以为他是我的兄弟,我说是文友,这是第二次见面,他们怎么也不相信。后来启国来信说,那次目送我远去时,不知怎么搞的,他竟"泪流满面"。

接着,我们到了苏州。《苏州日报》的总编辑助理简雄等了我一下午,无奈我们的日程太紧,实在无法离开。我断断续续地给他们投稿十几年,他还在国际级的报纸上发表过评介我的文章,可我还没见过这位仁兄的"尊容"。晚上我赶到他家都快十点了,许多话都来不及说了,好在见了一面。走时,他送我一件"小礼物",在出租车上打开一看,才知是一架珍贵的"双面苏绣"。司机问多少钱买的,我说是朋友送的,他说这肯定不是一般的朋友。一路上,我深感过意不去,我到他家可是空手而去的呀。

这次"东行"归来途中,有同事深有感触地说,还是你们文化人之间这种不带物质因素的感情真。不久,简雄先生在《姑苏晚报》上以"任蒙来苏州"为话题做了篇短文,说到我们这种编者与作者的友谊由来,要比我讲的准确得多。

汉江养育的作家

几十年我没见他大声说笑过,即使许久未见,他也不会上来使劲握手或高声大气地表达。可他那清瘦却光洁的脸上总露出让人感到亲切的笑意,平静的语调让人感受到一种老友的独特情怀。

多少年,我喊起"鹏喜"这个名儿来就有一种亲切感。他本姓钱,著述署名时就省去了姓氏,因此,无论是从老友角度还是从笔名角度,这样称呼他都很恰当。当然更重要的是,与鹏喜交往或长或短,你都能够感觉出他那种做人的风格,不牛不傲不精不咋呼,更不耍小心眼。我曾经暗自想过,让这人来担任一个特大城市主流文学刊物的主编,对很多作者来说,是件"占便宜"的事情。

鹏喜是写小说的,出版过五六部长篇,也写过中篇和短篇,还写过散文,但只出版过两本。相识多年之后我才接触到他的作品,具体地说就是他的小说《河祭》,那是他早期的一部长篇,也是他产生过社会影响的第一部小说。我是从《当代作家》上读到的,那时我正主持编辑一家书刊资讯类报纸,还就手为他写过一篇短评。《河祭》是写汉水船帮生活的,鹏喜写出了船家初离岸土的痛苦与愁绪,写出了船帮之间的明争暗斗,也写出了他们与帮会流氓和官府兵痞之间的周旋用智,更写出了他们抗击日寇的悲壮义举,把一种很多读者不大了解的船家生活写得波澜起伏,向读者展示了一条古老河流与船民生活浑然一体的现实世界。

这部小说发表后,立即受到读者充分肯定,第二年,长江文艺出版社

 第二辑 平凡与崇高

为《河祭》出版了单行本。许多年后,还有评论家撰文研究这部小说的成败得失。至今,圈子里的朋友提起鹏喜,就必然说到他的《河祭》,这部小说不仅对他来说是一部标志性作品,而且对汉水这个地域,对武汉文坛,都是不可忽略的一部长篇。

写《河祭》时,鹏喜才三十出头,现在回头看来,在那样的年华能够以老练的笔力写出富有历史沧桑感的"大部头",是很不容易的,但直到如今,我都没看到他在任何地方炫耀过。

几年后,鹏喜创作了他的第二部长篇《不远的木屋国》,这部小说写的是大都市在旧城改造中发生的巨大变迁,但他没有停留在城市图景演变的简单记录上,也没有停留在对两代城市人与困顿的生存环境抗争历程的描绘上,而是着力揭示社会变迁给人们心态带来的变化。有专家说,这部作品无论是从细节描写还是从语言的文学色彩上审视,都更显功力,其艺术价值要比许多获过所谓大奖的小说更显分量。

鹏喜的小说弥漫着浓厚的地域特色和生活气息,有人还从民俗学和文化学角度研究过其中的审美价值。如果要追溯其源,他坚持写自己熟悉的生活可能是最为重要的原因。鹏喜说,他祖祖辈辈生活在汉江上,他对这条古老的大江有着特殊的情感,自少年时代起,他就被许多可歌可泣的船家故事感染着,于是便有了《河祭》。后来的《不远的木屋国》,写的就是武汉的变化,就是他眼皮底下发生的事情。

鹏喜是个很好打交道的人,你不用和他多接触,他就会使你心情释然,使你信赖他,放心他,同时也尊重他。用"厚道温和"来概括他给我的印象,应该是比较准确的。几十年我没见他大声说笑过,即使许久未见,他也不会上来使劲握手或高声大气地表达。可他那清瘦却光洁的脸上总露出让人感到亲切的笑意,平静的语调让人感受到一种老友的独特情怀。我偶尔也听到过他对某个作家的无理要求表示不满,这体现了他的正义感,可他的语气依然淡淡的。

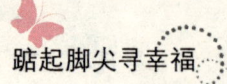
踮起脚尖寻幸福

　　鹏喜与我同庚，不同的是，我成长在乡下，他属于出生于武汉的城里人，当过知青，在乡下教过书，做过县知青办公室的宣传干事。招工返城后，先是当工人，不久又去教书，又当宣传干事，走过了那个时代许多城市青年经历过的人生道路。可是，后来他能够上大学，能够去做记者和编辑，就不是很多人都可以选择的道路。再后来，他能够写出一部又一部沉甸甸的小说，能够当主编，当作协副主席，所能类比的人就更少了。

>>>
苦难是人生的老师。
——巴尔扎克

游历世界的姿影

作者不是为了向读者展示她的美貌,而是要展示她周游世界的感悟和表达自己的人生体味,要显示她的才华,表现她内在的气质、品格和思想。

不久前单位年轻人帮我建了一个博客,因技术不熟和疏于打理,一直冷冷清清,但每有新作挂出,必有一美丽女子飘然而至,使我渐渐留意到这个"田梦"。几经回访,发现她不仅仅是个青春靓丽的大美人,而且是个内涵丰盈、文笔漂亮,并且颇受社会关注的女作家。我获知她刚刚出版了一部名为《智慧女人花》的作品集,在图书市场引人注目,可我没料到这本书很快就要再版,更没想到她会请我这个远在千里之外的"陌生人"撰序,而且急等着发排。于是,我只好推开手头堆积许久的写作任务,来细读田梦的散文与诗歌。

《智慧女人花》在装帧印刷上十分考究,有如画册之精美,文字之间配有作者若干幅气质优雅的照片和其足迹到达过的国内外风景名胜图片,与其文采漫溢的诗文相互辉映,使人读来赏心悦目。然而,在当今这个网络和印刷业愈来愈发达,商业气息越愈来愈浓厚的时代,各种美人姿影让人目不暇接,《智慧女人花》受到读者青睐,最终依靠的还是它智慧的文字,是它散发在字里行间的诗意、情感和思辨,而不是附丽于其册页之中的美人图片。或者说,作者不是为了向读者展示她的美貌,而是要展示她周游世界的感悟和表达自己的人生体味,要显示她的才华,表现她内在的气质、品格和思想。

田梦的写作是很讲究审美品位的，她曾经说过："文章不是书写出来的，是经历过来的，是感悟练就的。"排在这本集子前面的大部分散文，就是作者在域外游历的见闻，她曾经到过东西方几十个国家，各种异域风情融入作者的记忆与思索，催促她饱蘸笔墨写出了这批色彩斑斓的游记。因此，她的文字不是那种仅仅是为了满足自己的写作欲望而敲击出来的简单铺排，而是赋予了文字以灵魂的文学篇章，是注进了散文所必备的重要审美要素的精短作品。比如，她写印象中的英国，"就像一个身穿着藏蓝色风衣，撑着雨伞的中年男子，保守又古板。"这么很随意的一句，就使整篇散记超越了写景的纯美境界。她写《魁北克的孤寂》："整个城市笼罩在静谧里，没有任何声响，只有路人高跟鞋敲击青石路的清脆撞击声，回荡在这孤寂的画者最爱的欧式小镇和街道。"这种写意看似客观描绘，却是出自作者笔下一种带有个性化感觉的场面幽静，是经过了诗化处理的表述。还有，她通过香榭丽舍大街路边咖啡馆的宁静，衬托出凯旋门周边喧闹的街景，生动地描绘了那里各色人等的脸孔，最后写道："这个城市的风情就在于她毫不掩饰的洋溢不住的随时喷发的唯美的激情。"一连几个定语，非但不让人感到繁琐，反而浓墨重彩地凸现了巴黎的城市特色，写出了激情浪漫的巴黎和充满梦想的巴黎。

　　已经有评论家称赞过田梦描写城市特点的拟人手法，在我看来，概括一些城市的印象，再好的比喻也显得抽象，有时还难免牵强。田梦写城市，不但有比较恰当的比譬，而且不失灵动和诗意。读她笔下的这些异域散记，比看纪录片要愉悦得多，她那双漂亮的眼睛充满着诗的灵气和机智，它摄取的是城市的个性品格和内在气质，远远要比机械镜头中的客观扫描丰富得多。

　　田梦是个成功的奋斗者，她的幸运和笼罩在她身上的光环令许多青年女子羡慕不已，但她笔下的文字却没有成功者的种种矫情，也没有时髦潮语的油滑。她也不像某些青年作家那样去刻意追求辞藻的华丽，她很懂得"过度诗化"往往会妨碍抒情，她在语言上追求灵气飞扬，于自然流畅之中显示出端正高阔的气象。不难看出，她在创作道路上虽然起步不是很久，但迈出的步履却坚定而稳健，表现出她不随波逐流的创作品格和审美取向。

在《泰国海岛之旅》中,她描写岛上那些独特的小木屋,说"不知是木屋点缀了风景,还是风景成就了木屋。"这种带有哲辨意味的笔触不但写出了木屋,也描绘了岛上的风光,并且省略了不少具体描述。还有一段记录游客聚集在岛上狂舞的文字,尤其使人过目难忘。"起初身体极端的兴奋,随着音乐不由自主地跳动,这是一种原始的力量,是意识给身体的反馈,而身体的舞动又加强了意识的纯度与深度。慢慢地除了一双眼睛,身体的其他部分似乎都已淡化,也不那么重要了。属于同类的人慢慢聚在一起,越来越近,你能从对方眼睛里读懂所要传达的信息。这时语言不重要了,也完全不需要。"她说"所有的感受和交流似乎也没有语言可以来描述,"其实她的语言已经非常生动地将读者带进了那个忘情的舞场。

《智慧女人花》里还收录了作者的一些诗歌作品,同样充满着心灵的冲动、顿悟和生活的意绪,或激情澎湃,或轻松洒脱。如写给女儿的《甜蜜》,"我看着你/轻抚着你的面颊/欲亲吻你的唇/又怕惊醒你的梦/我呆坐着/像坐在自己的梦里。"这里,最后一句使这个被无数人写过的诗题陡地升华到了哲性思维的高度。

《时间的魔方》是一首短诗,写的是她与某个友人久违之后的一次会面。"昨天刚见你,还是青春年华/今天你领着孩子来,孩子已是我们那时的年华。"她说这是时间在开玩笑,但在这个"玩笑"之后还有更加耐人寻味的诗句:"时间真是个有情的计量,不让我们相见在彷徨时/只把一段放在青涩时,一头挂在成熟期/中间就无端抹去,什么也不得知。"诗句虽然略为嫌长,但从一个新的角度道出了分离久别的人生感喟。

她写《孤独》:"当所有的电话都没有应答/当所有的信息都引不出牵挂。"什么是孤独,还有比这更形象,更简洁的解释吗?

如前所述,《智慧女人花》是一部图文并茂的文学作品集,其实,作者的人生也堪称一部"图文并茂"的青春年华。她天生丽质,聪慧过人,做过演员,当过模特儿,进入时尚界,在时尚杂志的封面展示过她的姿容。同时,她还创办有自己的企业,投资过不少项目,有着丰富的人生经历,可她并没有满足,正如她在"自序"中所说的那样,她从来都在"寻

找自己的人生旅途，追求完美人生。"她对阅读和写作有着天生的兴趣和痴爱，她行过万里路，读过不少书，她要抒发出自己的生命情怀，她要跨进文坛。事实证明，她的天分很高，开场第一本书就显示出了她的文学潜质。她自己也说过，文学之门被她满怀信心地推开之后，源源文思汩汩流淌而来，颇感得心应手。她已经博得了初试身手的喝彩，有些评论家和读者已经看好她的创作实力。

聪慧+美貌+不俗的气质，这样的青春女子比例不高；

前面"三项"之和+努力+成功的幸运女子，更少；

如此幸运女子还能以诗般文字记录自己青春历程与人生心迹的，更是少而又少。

《智慧女人花》的作者虽已涉过少女的年华，可她用文字描绘自己的青春印记，却是千万少女梦寐以求的风华、成功与浪漫。

田梦追求的是作品的精神和诗性，从而使她的散文和诗歌拒绝了自娱的情调，使读者触摸到的是别有一种女性文字韵味的美学质感。

我们捧起她的这部作品，阅读散文，阅读诗行，领略情感之幻渺，感受孤旅之轻灵，更能读到时尚，读到坚韧，读到美的图画与姿影，读到一个年轻美人的美丽人生！

世上只有一个真理，便是忠实于人生，并且爱它。
——罗曼·罗兰

淡淡水墨描山水

作者虽然寄情山水，不时为大自然的神奇造化所陶醉，但他并没有超然世外。联想到居住在一些深山老林间的山民，眼前虽有优美风景，但交通不便，生活艰苦，他不禁为之叹惋，从而为其表现山水情愫的作品增添了一份难得的人文关怀。

读过熊宗荣的散文，总觉得那种淡雅的色彩之中潜藏着某种比较独到或者说属于他自己的散文品质。就像一个人，看上去并不生疏，也没有外露的特征，很难把握他的性格。初读熊宗荣的散文，就是这种感觉，似乎总是那么平平静静的，一五一十地向你讲述着他的见闻，并且很少流露自己的感受，也看不出作者的刻意追求，所以让人一时说不准他的散文风格。

熊宗荣作品的特质，蕴含在其文字的血脉之中，只有细细品来，才能慢慢体味到他这种散文所具有的"原生态"特色与美感。

熊宗荣先生是一个地市的党政领导干部，因为文学情结，使他得以长期坚持业余创作，勤奋笔耕，曾经在湖北地区和其他省市的报刊上发表过不少作品，出版过多部个人专集。近些年来，他的散文创作主要致力以山水游记，他从吐鲁番的葡萄架，写到漓江风光，从长白天池写到台湾的日月潭，还专题出版了一部记录域外风情的游记。

无论写到哪里，他总是那样娓娓道来，自然亲切，那么沉稳，那么坦

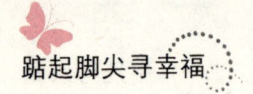

诚,保持着从容淡定的散文风格。

"草原的上空,天蓝得耀眼,朵朵白云无依无托,缓缓飘移,有几只苍鹰在白云下自由翱翔。草原的远处,有莽莽群山,山与山的深壑间,有浩如烟海的白云缭绕。山的阳坡长着茂盛的青草,阴坡则长着大片葱郁的森林,森林碧绿苍翠,青黛一色。"这是作者在《最后一方净土》中描写喀纳斯风情的一个片断,看上去不动声色,平静叙来,却能让人感受到浓郁的诗意,让人随着他的描述走进那一幅幅山水画图,走进奇峰异水之间,心灵情不自禁地产生一阵阵悸动。

又如,他写大海,不但描绘了海洋的辽阔无垠和蔚蓝深沉,而且还细致地观察了海浪袭岸的情形。他说:"海浪像一字长蛇阵,横亘千里,由远及近,由缓到急。快到海岸时,那海浪犹如运动健将,来一个猛烈冲刺。"写到此处,作家的笔墨并没有停留在海浪的自然形态上,他说"大海只是年复一年,日复一日不知疲倦地重复做着无数次相同的游戏。那海浪看似凶猛,其实倒挺温柔,它排山倒海而来,凶强狭悍地搂住那静若处子的银滩,在她秀美腼腆的脸上猛亲一口,旋即松手,缓缓而退,回归大海。"短短一段文字,并且还是那种淡淡的语气,却以拟人手法写出了海洋的性格和规律,写得生动可爱。

因此,我们认为熊宗荣的作品具有自然天成的"原生态"散文审美特点,当然不是将它等同于那种缺乏激情,缺乏技巧的平铺直叙,他的高明之处在于"藏巧于拙",他所追求的是一种平淡中见奇崛的艺术境界。比如,面对西域的古国废墟,他是这样表述的:"我们站在古城遗址那残留的土夯城墙下,透过眼前的断井颓垣,和满目萧瑟破败的黄土,一阵阵地感受到那遥遥悠久的苍凉,和波澜壮阔的历史烟云演示的震撼!"这样的段落,在熊宗荣的文字中大概是比较激扬的,但依然没有改变他作品的总体艺术风格,依然波澜不惊,却使读者从他勾画的苍凉废墟中领略到历史的沧桑。他的这种"平静",往往更能产生出艺术冲击力。

当然,我们说熊宗荣的作品里储积着静若秋水的美感,也不等于说它没有起伏。例如,在记述清江漂流的过程中,对于这里的滩急水险,作者在进入正面描写之前,通过船工的动作和神情进行了渲染。当船行驶到

"虎三跳"时,他这样写道:这时,"坐在船后的两位船工立即提起桨板,坐正了身子,眼睛紧盯着前方。那神态,活似两位即将展开决斗的武士,弄得全船的人都紧张了起来。"这种从侧面着笔的表现手法,更能起到扣人心弦的效果。

作者虽然寄情山水,不时为大自然的神奇造化所陶醉,但他并没有超然世外。联想到居住在一些深山老林间的山民,眼前虽有优美风景,但交通不便,生活艰苦,他不禁为之叹惋,从而为其表现山水情愫的作品增添了一份难得的人文关怀。

熊宗荣的散文看似不事雕琢,但字里行间你仍然能够感觉到他对于文字的精细化处理的重视,感受到他遣词酌句的工夫。为了表达山水之美,他不说"留恋",而用"贪恋";他形容山峰的姿态,用了"羞怯万状",一下子就把静态的群山写活了,写得富有灵性。这样的文字,有利于增强作品的诗性,也能给读者留下深刻的印象。

熊宗荣的散文,不但意境开阔,情感充沛,而且文字细腻优美,达到了较高的诗化程度,散发着一股兰草般的淡雅幽香;既实现了他对名山胜境的忠实记录,又赋予了作品较高的审美品位。品读他的作品,自始至终有一种宁静之感,在宁静中享受他笔下的碧山秀水,享受他为我们营造的诗情画意,享受他那如淡淡水墨的文字。他有些篇章还注重从文化角度进行考察着笔,具有一定的文化意蕴、文化含量和思想深度。

人生天地间,忽如远行客。
——《古诗十九首》

两代天骄

远远的,一只银燕从机场的最南方从容飞来,飞过三转弯,进入四转弯后,低了,低了,渐渐地贴近跑道了。在它的后起落架擦地的一刹那,冒出一丝淡淡的蓝烟,显得极为干净利落。

在军区空军机关工作的那几年,每年总有几个月泡在基层部队。我那种"百宝箱"式的小本子,也渐渐记完一摞了。如今,我虽已与"绿衣蓝裤"的生活告别多年,却仍然珍爱着当时记下的那些所见所闻。一回回,在轰鸣急驰的车厢里,在穿云而过的机舱里,在部队招待所的灯光下,我以有限的空暇像画家进行速写一样,勾画了一幅幅人物肖像。他们中,有身经百战的将领,也有天真可爱的新兵。尽管是粗线条的勾勒,许多人的单位和姓名也没记下,但只要打开这些本子,他们的音容笑貌和性格特征,他们是什么单位的什么人,依然能够重现在我的脑海。

在这些简略的画幅里,出现最多的是我们空军的主体力量"老飞"们。不少次,在朝霞初升的清晨,我等候在机场边的大道旁,欣睹他们具有特殊气质的风采。一列列年轻的飞行员,飞行靴在水泥公路上发出富有节奏的嘎吱嘎吱的声响,一路雄风地走向机场。他们身姿英武,体质强壮,步履雄健。这就是共和国领空的天之骄子!

在一个晴空万里、暖风微拂的飞行日,我爬上高高的塔台去看"老飞"们各显身手。远远的,一只银燕从机场的最南方从容飞来,飞过三转弯,进入四转弯后,低了,低了,渐渐地贴近跑道了。在它的后起落架擦地的一刹那,冒出一丝淡淡的蓝烟,显得极为干净利落。坐在我身旁的团长也喜形于色,一拍大腿说:"这小子行!将来会胜过他老头子的。"团长无意一句话,使我立即产生了要见见这位飞行员的念头。

晚饭后我来到飞行员宿舍,找到了他。见面时他给我的第一印象是热情而又诚实,我想,中国的飞行员还是世界上最知礼节的军人。他告诉我,因为他父亲是搞飞行的,才给他取名叫张继飞,他果然没有辜负父望。

我还得知,他父亲就在我们军区的另一个航空兵师工作。我突然想起,莫不是那位身材魁伟的张师长?他说:"是他。"我见过他父亲多次,记得有天我们正在某师会议室开会,中途走进一个人来,首先向正在听取汇报的军区空军副司令员行了个不很正规的军礼,人们的视线全集中到他身上。他五十来岁,接近一米九的个头,面孔刚劲坚毅,一看就知道,那是一副经过了几千小时高空气流洗刷的脸孔。他未来得及脱去飞行服,手里还提着两个鼓囊囊的圆包,不用问,那是救生背心和飞行头盔。有人耳语道,张师长经常提着他手上的两个包出入师团办公楼和部队生活区。这就不难想象,这多年来,他是怎样风风火火地干着自己的事业。我想到他时,总感到他首先是位富有男子汉气魄的军人,然后才是师长。

当张继飞知道我的姓名后,他很快想起在报纸上读过我的诗。这下,我们要谈的话就更多了。他说,他爱说相声,也爱朗诵诗歌。元旦前,在师政治部组织的朗诵会上,他夺得了唯一的一等奖。他朗诵的《蓝天上的青春之门》,还是自己的诗作呢。

聊着聊着,不知怎么又谈起他父亲。我问:"你父亲极爱打球,师里流传着一个他的笑话,可是真的?"小张笑了笑说:"他呀,有点空只会抓着篮球出气,那个笑话也确有其事。"那是他父亲当团长的时候,有次刚下飞机,团里新闻干事就举起照相机给他照了一张,小张的妈妈捧着照片端详了半天,老瞅着他爸爸怀中那个圆滚滚的东西,嗔怪地说:"瞧这球迷,刚下飞机就抱着个篮球照相。"小妹妹在一旁笑得前仰后哈:"妈,哪是什么篮球,那是刚装备的飞行头盔。""傻丫头,又哄妈了。那东西我见过,是白色的,玻璃钢的。"小妹妹又解释道:"可为它配备了帆布袋子呀。"于是,这个笑话便传遍了全师。

刚进来时,我就对他桌上一个漂亮的有机玻璃盒子发生了兴趣,盒子里放着一架安26型运输机的模型,十分精致。盒子上还贴着"春风细雨"四个颇有书法风度的金字。他有些不好意思地告诉我,这是他买回几斤有机玻璃,亲手精心磨制的,准备献给他认识不久的女朋友。女朋友就叫春雨,也是"天上飞的",在某运输团当领航员,她们驾驶的正是这种型号的飞机。我听完小张的"解说",不但明白了眼前这架飞机模型的意义,而且更清楚地嘹望到了新一代飞行员博大而丰富的精神世界。

想起张继飞父子,我就想起祖国空军的两代天骄。

一生复能几,倏如流电惊。
——陶渊明

"小灰姑娘"

小战士本来就不好意思,见我走来,赶忙把帽子往前一拉,扭头羞涩地笑了,白净的圆脸上现出两个深深的酒窝。

　　傍晚,火红的晚霞给军营的楼房和树木镀上了一层金晖。我散步来到团招待所的门前,远远看见林荫下几个战士围着一个面目清秀的小女兵。怪,我们这样的团级单位是从来没有接过女兵的,即使是从哪里调来一个女兵,怎么会戴着男兵的有沿帽呢?我装着毫不在意的样子走了过去,哈,原来是几个新兵在嬉闹。他们硬把一个小战士崭新的军装拉成了"小翻领",还将其在额前梳了撮刘海,再把他的帽子往后脑勺一抹,配上这位战士圆润的脸庞和端秀的五官,一个女兵的形象便跃然眼前。小战士本来就不好意思,见我走来,赶忙把帽子往前一拉,扭头羞涩地笑了,白净的圆脸上现出两个深深的酒窝。

　　我们机关干部很少直接与战士打交道,哪怕是机关的一些勤务战士,有的时常在你面前转来转去,好长时间还不知道他姓什么,叫什么。不知是那位小战士长相可爱,还是因为他与我的第一面十分有趣,我很快记住了他那稚嫩的面目,知道他是刚分配到团部招待所当招待员的,同时捎带为机关做一些事务性工作。很快,机关不少干部认识了他,大都把他看成一个活泼好玩的孩子。因为他面目很像个女孩子,名字又叫小辉,所以大家看了《水晶鞋与玫瑰花》的电影之后,不知谁开始叫他"小灰姑娘"了。

机关上班的时间,"小灰姑娘"从门前走过时,举止十分文静。如果你夜间到办公室加班,还时常见他在走廊里来回忙碌,一边干活,一边哼着小调,那小调里带着几许童音。你不用喊他,他会自动来到你的办公室,一声"报告!"那敬礼的胳膊还没完全恢复原位,一副笑模样就冲你来了,问你暖瓶里有没有开水。当你不需要帮忙时,他会马上礼貌地离开,又去忙他的杂务。他好像永远不觉得累。

别看"小灰姑娘"生得秀气,干起活来却又泼辣又麻利。每天早上,人们总能见到他骑着自行车往招待所送开水,一手扶着车把,另一只手拎着四个暖水瓶,还要上段斜坡。这本事并非所有的男子汉都能做到。直到管理部门为他添置了专门送开水的手推车和铁桶之后,大家才见不到他的"杂技"了。

"小灰姑娘"曾向我借过几次书,大都是诗集或小说,开始我以为他和其他人一样,也是为了闲着"看热闹"。有天晚上我在办公室赶写完一篇材料,已经很晚了,正要收拾离开之际,他突然出现在我的门口,那笑容里一片绯红。他犹豫了一下才递给我两首小诗,看其笔调和字迹稚嫩得如中学生一般。但那些诗句却又告诉我,他已摸到了习诗的一些基本要领,那诗也不是"爱好文学"的干部战士都能够写出的。

从那以后,我为他改过几次习作。对他的写作基础,除我之外,机关却很少有人知道。为此,我曾向参谋长提出,是否能考虑推荐他报考军校。

不久,"小灰姑娘"便离开机关了,听说去了一个比较遥远的高山连队,先让他锻炼一下再说。

从此,他再没有找我修改他的作品,后来我也调动了,也再没有见过他。不过有一段日子,突然见不到"小灰姑娘",我心里老觉得少了点什么。

哨所迎除夕

我知道,连队干部是不愿意我们想家的。其实,我刚才并不是想家,只是哨所的欢乐勾起了我心中美好的回忆。

"咚!咚!咚!"随着三声起音,锣鼓钗什一起在连队俱乐部里响了起来。准是那几个活泼鬼,沉不住气。除夕晚会七点钟开始,这会儿,天还早着呢。

除夕之夜就要来临了,哨所格外热闹,俱乐部门口早早就挂起了大彩灯,贴上了对联。今天,杀猪,帮厨,打扫卫生,连队还举行了一场篮球赛,整整忙了一个白天,但大家都不觉得累,谁都显得比平时更愉快。连那山尖的一轮夕阳,也像要和我们一起过除夕似的,张着一副喜气洋洋的红圆脸,久久不肯离去。

哨所的除夕之夜是这样令人陶醉,对我们这些刚到部队的"新兵娃子"来说,更是感到一切都很新鲜。我过去的十八个春节都是在妈妈身边过的。尤其是那美好的童年令人难忘,记事以来,每次过年的日子,都深深地刻进了我的记忆。农村都保留着传统的习惯,其他节日都不当回事,甚至等节日过了才记起。唯有春节,才被大家视为最隆重最欢乐的节日。农村有句俗语:"大人想种田,小孩盼过年。"那时,像我这些穷乡村的孩子,除了县里的放映队每半年来村子放一次电影外,使我高兴不过的,就是一年一度的"迎新春"了。所以,每年快到过年的日子,我和弟弟总是扳着指头算天数。然而,我们最高兴的时候,也是父母最辛苦的时候。父亲抽空就忙着磨豆腐,扫屋子,上街买这买那,母亲起早贪晚为全家人做新衣纳新鞋,洗洗补补。不知有几个夜晚,也许是我高兴,总不愿去睡,

踮起脚尖寻幸福

捧着一本书，等妈妈收起针线，要熄掉油灯的时候，才肯上床。大年三十那天，吃过晚饭，贴上对联，妈妈就给我们换上一套崭新的的衣服和鞋子，虽然是妈妈自己织出的"土布"做成的，但也算整洁清新。一切忙停当之后，全家人便高高兴兴地围着一盆炭火"守岁"。这一夜，我和弟弟每人可以得到一张发令纸，吃到平时不容易享受到的花生、甘蔗等东西。近几年，家乡的形势一年比一年好。父亲来信说，今年家里大丰收，节前杀了头肥猪。全家人人都添置了新衣，还为妹妹买了缝纫机，为弟弟买了自行车。今年的春节，比往年过得更红火，更愉快……

"小柳，想什么呢？"一声问话，打断了我的思绪。我抬头一看，是排长攀着石级迎面走来了。瞧我，竟忘了自己是下班从机房出来。

"是不是想家了？"排长已走到我的面前。

"没有，"我笑着回答了一句，便头也不回地走了。我知道，连队干部是不愿意我们想家的。其实，我刚才并不是想家，只是哨所的欢乐勾起了我心中美好的回忆。

还不等我走进饭堂，指导员就把一盘热腾腾的蒸饺端到桌子上，随后又递给我一碗热汤："来，先喝几口暖和暖和。"我捧过碗喝了一大口，立即感到浑身注进了一股暖流。

"给我留这么多饺子呀！"我竟乐得像个小孩似的。

指导员打趣地说："这叫'后来居上'，你是最后一个下班的。"说着，给我搬过一条板凳。他坐在我对面，看着我大口大口地吃着饺子。这当儿，他问了我值班中的情况。刚才，我值的是进入春节战备期的第一个班。此刻，我突然想到，我这个除夕，将警惕地守卫在哨所机台旁迎来的。

是呵，那种玩纸炮、剥甘蔗的过年方式，对我来说，早已一去不复返了。我好像第一次感到：我成人了，已经是一个战士了！

"小柳，晚会的第一个节目，是俺班的天津快板，你可得快点呀！"是"小导演"王兵，还在窗口做了个鬼脸。

"咚！咚！咚……"晚会的锣鼓响起来了，我和指导员一起向俱乐部走去。

呵，哨所的除夕，诗一样美！

第三辑

异域走笔

鸟儿是自由而浪漫的，它们的心目中从来没有国度的概念。只要有一副坚硬的翅翼，它们就可以随意进出自己想去的地方，也不需要什么护照。从而，我们母亲的山水有了一个骄傲的象征。

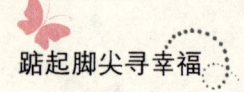

冰雪俄罗斯

鸟儿是自由而浪漫的,它们的心目中从来没有国度的概念。只要有一副坚硬的翅翼,它们就可以随意进出自己想去的地方,也不需要什么护照。

跨越国境

从绥芬河出关,乘火车行进,不知什么时候进入了俄罗斯的地界。同行者告诉我,他早就看到了界碑,那一定是中俄领土的分界线。

火车到达一个小镇,叫格逻迭科沃。我们要去的海参崴,俄罗斯叫做符拉迪沃斯托克。

这是一列老式火车,车内乘客没有满员,一个女列车员负责我们这节车厢,态度十分友善,除了允许大家在车厢里抽烟,还微笑着提醒我们说,车未开不能用水,因为车下可能有人检测,不能让污水流到人的头上。

列车在茫茫林海中穿行,除了落叶的树林,就是满山满谷的积雪。这种边地的苍茫与荒凉,给人的感觉并不是到了异国他乡,而只是到了一个遥远而孤寂的地方。具体地说,总像是走进了杨子荣"打虎上山"的林海雪原。

直到过了俄罗斯海关,见到几处欧式建筑和俄文标志,我才找到"感

觉"，原来我们早已跨进了另一个国度。

国度就是文化的分别，只有这种不同的文化才能使我的思维"出国"。

茫茫白桦林

前来迎接我们的俄方的面包车在公路上飞奔，车上播放着《莫斯科郊外的晚上》等大家熟悉的俄罗斯歌曲。这里距莫斯科万里之遥，不过是远离俄罗斯政治文化中心的偏僻得不能再偏僻的一个角落，但这独特的音乐旋律却使我一下子与那个从未去过的欧洲名城近了起来。

在眼前白雪皑皑的世界里，数百公里的视野极少见到村庄，除了树林还是树林。

一排排，一簇簇的白桦树，银色的树干挺立着，格外显眼。冰雪把满山的树林衬托得十分秀丽，一点也不显得神秘。

偶尔见到鸟群在林子上空翱翔，它们也知道这里的气候开始转暖，从中国，从南方，比我们先一步赶到了这里。

鸟儿是自由而浪漫的，它们的心目中从来没有国度的概念。只要有一副坚硬的翅翼，它们就可以随意进出自己想去的地方，也不需要什么护照。

俄罗斯的地大人稀，使我走进了以往曾凝视过无数次的前苏联那片绿色的辽阔版图。这一片连着一片的茫茫树林，又使我回到了儿时读过的苏联童话中。

乌苏里斯克州府

乌苏里斯克，是俄联盟滨海边疆区所辖的一个州的首府。汽车从该市的中心广场旁通过，广场上耸立着前苏联留下的钢铁雕塑：一位高举钢枪的战士。

偌大的广场空荡荡的，后面坐落着该市的政府大楼。大楼里也没见一个人出入，听说他们都已下班了。在我们的车辆停下小憩时，不知从哪里

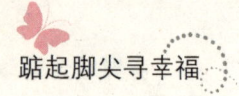
踮起脚尖寻幸福

跑来三个小男孩,他们用生硬的中国话伸手向我们要"大大泡泡糖"。第一次有这么可爱的洋娃娃拥在我们的膝下,我高兴地抱着他们照了一张相,至于口香糖,倒是有,只是都锁在车上堆压的箱包里,给这几位小朋友留下遗憾了。

走过这座空旷的市镇,我心里冷清了好半天,没法将它与州府挂上钩,总好像在某个傍晚路过国内某个乡村村部的所在地,那座颇有规模的办公楼因为孤零零的,就像是我们一所乡村的学校,老师和孩子们都放学走了,说不定里面只剩下一个守门的老头。

三万六千日,夜夜当秉烛。白日何短短,百年苦易海。
——李白

欧洲的原野

早已城市化的欧洲，农村人口极少，因而很少见到村庄。偶尔看到一处村落，红色尖顶结构的村居，叫人想起西方儿童读物里的那些彩色插图。

我虽然没有到过西方，但对这里的城市却不太陌生，尤其是一些享誉世界的名物胜景，我通过媒介见过无数次。真正让我这个从田地里走出来的农民的儿子感到陌生的，却是欧洲的原野。

这是一座没有围墙，没有边际的公园。

除了树林和柏油马路，就是绿茵般的庄稼地。无论是平原，还是微微起伏的丘陵，都像是铺满了绿色的地毯。大片大片的庄稼长得一样葱茂，庄稼地的沟垄间隔带看上去像电脑画出的线条那么笔直，整个田园那么整齐，似乎是天工勾勒出来的。

沿途，我们还见到过大片的牧场，绿色的斜坡下一泓清池，草地上散落着羊群。远远望去，天上的云朵像羊群在湛蓝的天空滚动着，地上的羊群却像天鹅游动在绿色的湖畔。

千里行程，几乎见不到任何裸露的土地，哪怕是一片巴掌大的泥土。窗外没有大风，更没有沙尘，只有我们在青藏高原才能见到的那样的明净天空，只有宁静而充满绿色生机的大地。

蓝天之下，美丽的田园延伸到地平线，这时大自然给你的享受，会使你久久地凝视窗外，尤其是绿色的原野上出现几丛橡树，就会马上让你走进欧洲美术大师笔下的那些著名的油画之中。

欧洲的原野是艺术家的杰作。此时的我们，正穿行在一幅无垠的画图里。柏油铺成的公路十分平展，深灰色的路面上的白色标志线，好像从未

让车轮上的泥水玷污过，在灿烂的阳光下反射出耀眼的白光。

舒适的大巴行驶得极为平稳，我的这些感受文字，就是此刻在行车途中记下的。

早已城市化的欧洲，农村人口极少，因而很少见到村庄。偶尔看到一处村落，红色尖顶结构的村居，叫人想起西方儿童读物里的那些彩色插图。

或许是我们到来的日子正是这里耕种后的季节，如此遥远的路上，竟没有见到一个农民在田间劳作。这里的农业人口本来就非常少，并且是全部用机械耕作，这是可以想见的，但他们究竟"怎样种地"，我们是不清楚的。翻译告诉我们说，这里的农民要耕种或收割时，就到农业机械公司去租用他们的机械，连同操作人员一起请来，根本不用自己动手。所以，我们见到的欧式村落也极为简洁，不但没有豢养家禽，而且也没有农业械具置放。

这里气候宜人，雨量充沛，日照时间长，晚上九点多钟，阳光还很明亮。每一片树叶，每一株花草，都被频繁的雨水洗刷得干干净净，青翠欲滴。再说，他们的庄稼地可能设有自动喷灌设施，没有干旱之虞。现代科学不会去祈祷"风调雨顺"，更不会出现人为地折腾农民、折腾土地造成的人祸，当然也不存在灾难之后又去寻求干旱之类的托词，将罪错转嫁于上帝的问题。

欧洲的原野是自然的世界，更是人力镶嵌出来的宏伟壮阔的艺术板块。这里的每一寸土地都经过了人类的精心安排、度量和剪裁，每一寸土地都得到了充分的利用。

而人们对自然进行了妥善的安置之后，就立即回到了自己的位置，所以才千里田园渺无人迹。

这一切，都是人民的创造，都是现代社会生产力的创造。

芸芸众生，孰不爱生？爱生之极，进而爱群。

——秋瑾

雨后的小国大都

被雨水淋过的路面不时可以看到微微的绿苔，就是这种只是隐约可见的微小生命，把小城点缀得古老而清新，让你不知自己是走在哪个世纪的欧洲城堡。

这是一个国都，也是一座小城。

卢森堡大峡谷就在小城一侧的脚下。所谓的大峡谷，不过是一处我们在任何山区都随时可以见到的沟壑。能够让人铭记的，还是这座小国之都。

由于文字的阻隔，我不知道这座城市任何一条街道的名称。但是，她的典雅，她的精致，她那天国般的宁静，使我仿佛走进了另一个人间。

这里每一条街道都是整洁的，整个城市都是整洁的。我们到达的时候，刚下过一阵小雨。一些用砖石铺嵌的街巷，两边的建筑默默地对立着，显得狭长幽深。被雨水淋过的路面不时可以看到微微的绿苔，就是这种只是隐约可见的微小生命，把小城点缀得古老而清新，让你不知自己是走在哪个世纪的欧洲城堡。

不知是因为这里人少，还是因为正值雨后，一些长长的街巷没有一个行人，空灵极了。

其实，这里和欧洲的许多地方，都属于海洋型气候，天气稍一升温，很快就会降雨。下雨的时间一般不长，持续半小时左右，甚至更短。有了这种说下就下，说停就停的天气，可以说这里每个时刻都处在雨后。

"雨后"的天空和大地都是一尘不染，白云在蔚蓝的天幕上拉出一丝丝细纱，看上去那么清晰。

地面上，与一片片白云相对应的，是古朴庄严的圣母教堂，是又尖又高的一座座典雅的小楼，是古老的歌剧院和它门前那一群表现不同舞姿的铁铸人像。

在这座小城，记不清自己一共见过几个街头行人。只有一个人给我的印象特别深，可他不是行人，是大公馆（王宫）门前岗楼中的那位身着古式兵服的持枪者。他笔直地静静地站在那里，成为游人拍照的一个"景点"，似乎只有他的存在，才使我意识到假日的这座小城还有人。

这一切，构成了这座小城的静谧。

这一切，构成了一个童话般的世界。

有人把卢森堡喻为"世外桃源"，的确，从繁华街市的喧闹中走来的人，很快会感觉出这里就是一座既熟悉又陌生的天都。

为了解人生有多么短暂，一个人必须走过漫长的生活道路。

——叔本华

旅途散笔

我们在巴黎考察参观前后共四天,到过那里一些最著名的胜迹和大街,但它给我的总体印象是,巴黎比我想象的还要美,而巴黎的女郎并没有我想象的那么美。

最上镜的大街

在巴黎最繁华的街市,在香榭里大街的中段,我谨慎地走向"安全岛"的尽头,也就是那块用白线标出狭长的菱形的尖角处,等待同行者为我拍下以凯旋门做背景的街市留影。翻译强调说,千万不要跨出白线,这是绝对的规则,哪怕是超越半步,就属于"撞了白线"。

车流从我身体两边疾驰而过。那块仅能容身的安全板块似乎是巴黎特意为游人设置的,它让你站在这个最佳位置去取下凯旋门,带走巴黎的骄傲。

也许这一刻我的注意力集中在怎样站好姿势,调整好自己的表情,并没有感觉出这条著名大街的特别之处。

第二天,我站在大街尽头的高处,眺望这条大街的全貌,当时只是被它的笔直所吸引。在我写好这篇散记的初稿之后,见到有人也说到同样的感觉。

可是,当我旅欧归来在澳门一家歌舞场的巨型屏幕上再次看到香榭里

大街时，心灵却为之震抖了。在广角镜里，巍巍耸立的凯旋门，钢铁的河流，把这条大街衬托得如此壮阔。伴着强烈的音乐节奏，使我远隔万里反而听到了这座古老都市强劲的心跳。

这是我刚刚离开的那条大街吗？

巴黎是一座"最上镜"的都市，香榭里大街是一条"最上镜"的大街，只有隔着一定的距离，才能感觉出她的庄重仪态，感觉出她那华贵的风采。

英雄雕像

欧洲的城市都十分注重保护他们的历史建筑，那些古典建筑物上，几乎每座都有雕塑，好像整座城市是由群雕组成的。

西方人把雕塑与建筑有机地融合在一起了，是建筑更是雕像。

雕神像，雕美女，雕艺术大师，但更多的雕塑是英雄。在巴黎，在卢森堡，在布鲁塞尔，一直到欧洲南端的罗马，每个城市都随处可见各式各样的雕塑，每个城市都有青铜色的英雄雕像。他们身着铠甲，骑着健壮的战马，把游人的思绪引入到若干个世纪以前欧洲走过的路程。

西方有句名言：没有英雄的民族是悲哀的。

然而，欧洲社会发展到今天这种局面，其实与英雄的多寡没有多大关系。一个国家，只有让人民决定社会事务，才能保证社会沿着理性与健康的方向发展，才能让民族不断地走向光明的未来。靠所谓英雄主宰自己命运的民族，才是悲哀的民族。

——如果说过去不是这样，那么现在肯定是这样。

现代社会不是英雄的时代。不能否认在推动社会朝着民主与文明方向转轨或前进的过程中，某个人或少数人可能起到重要作用，但相对于历史来说，这种作用会变得越来越小。

整个欧洲，没有雕塑就没有建筑，雕塑就是建筑，建筑就是雕塑。

他们用青铜，用汉白玉去雕刻英雄，但雕出的毕竟是他们的历史。

巴黎女郎

巴黎女郎，是个世界性誉称。

它蕴含着时尚、艳美、高贵。这个誉称使巴黎乃至整个法兰西在世人心目中陡升了几个品级，也使巴黎增添了其他都市无法媲美的诱惑力。

而巴黎时装又是与巴黎女郎相得益彰的"驰名品牌"，整个巴黎想必是美人配美装的世界。

那么，美人美装究竟是怎样的景致呢？通俗地说，很多人可能都会把她们想象成影视中的西方靓女和时装模特般的艳丽。我就是带着这样的想象走进巴黎的。

老实说，巴黎在这点上让我大失所望。

我们在巴黎考察参观前后共四天，到过那里一些最著名的胜迹和大街，但它给我的总体印象是，巴黎比我想象的还要美，而巴黎的女郎并没有我想象的那么美。

他们在穿戴上是比较随意的。我们访欧是在六月，这里正属于"乱穿衣"的气候，有人穿得很袒露，有人还穿着薄棉袄似的上装，多数男士着的是夹克，除正式场合外，很少有西装革履的，倒是我们这些外国人，多半是西服领带，"正规"得很。

还是来说巴黎女郎，那个季节，她们穿吊带装的很多，随处可见年轻的女士袒露着滚圆的肩膀和雪白的颈背，许多少女则热衷牛仔裤。看来，模特展示出来的富贵华丽的时装，在那里也多半停留在"表演"范畴，生活中的巴黎女人绝不是模特式的装束。

穿戴随意，并非巴黎的独特之处。在欧洲的许多城市，我们观察到的情景大体差不多。再如在街上见到的吸烟者，巴黎与欧洲其他地方也一样，女的比男的多。

巴黎是洒脱的，整个欧洲也是洒脱的。

至于说巴黎女郎要比其他欧洲城市的女人漂亮，也是无法认定的。相反，在远离欧洲的俄罗斯海参崴，那座从欧洲移民而来的东方城市，倒是

美女如云。即使是与东方人相比较，巴黎女人中的身材高大者也不是我们想象的那么多，她们中如亚洲女人中的身体矮小者也比比皆是，并且容易肥胖，一些尚处在发育年龄的少女，其臀部简直是在横着长肉，让人不得不叹服她们牛仔裤的韧性。

巴黎很美，但它不是堆积美人的天堂。

老税官一席谈

访法期间，法国专家义务咨询协会中国部请了一位曾在法国财政部工作过的老专家，给我们介绍了他们有关税收的一些情况。

这位专家向我们介绍说，法国的行政区划共分二十二个大区，九十六个省，分国家税制和地区税制。总的税制原则是：国家需要，为了公益。税源同样来自企业、职工和个体商户。2000年，法国全国的国内生产总值是九万二千一百五十亿法郎，实现国家和地区税收二万三千亿法郎（不包括社会零散征税），其中一万五千五百亿法郎是属于国家直接征收的。这中间企业所得税大约是二千四百七十亿法郎，商业增值税为三千四百九十亿法郎，仅汽油税就有一百五十亿法郎。同样，他们的税收也主要用于公务人员的工资、司法、文化、城市建设包括住房设备、教育和国防等方面的开支，其中国防开支占总额的百分之十二。

法国的税项大概七八十种，主要有企业商品增值税、个人所得税、职业税、财产税等。增值税是中心税项，也是法国人罗雷先生发明的。除食品的增值税为百分之五点五之外，其余的增值税均为百分之十九点六，出口产品不征增值税。增值税如果增一点或者减一点，对整个国家的税收影响将近七百亿法郎，至关重要。企业家个人的收入属于另外的征税范畴。

个人所得税率高达百分之三十三。个人所得红利必须交个人所得税，但企业用于经营再投资的部分不计其中。每年二月底，由个人申报，有一个基数，超出部分分档次征收。由基层税管人员分别负责一些企业，对企业的情况进行了解掌握。

在地区税收中，职业税是主要部分，几乎占地区税收的百分之五十。

职业税不同于个人所得税,但也是根据社会成员的年收入确定的,按营业地点征收,无论是法人还是自由人都得交。职业税率由各地区自己确定,有一定悬殊,但总体数量可观,各大区、省的绿化和社会公益事业的庞大开支,很大部分要靠职业税收。

财产税也是法国的一个重要税项。财产税包括地产税,根据现价确定征收税额。先由公民自报,如果报低了,国家就要追究。此外,在2000年5月,法国还征收过社会互助税。这属于临时税种,每年由议会讨论,决定是否再征。

法国的税收主要由国家、省、市镇三级管理,公民的纳税意识很强,税收处处存在,但公民都能意识到照章纳税是必须承担的义务。政府通过各种途径,能够基本掌握企业和公民的收入情况。法律要求,每个企业、每个人都必须以诚实的态度自觉报税,否则,将受到法律的追究。如有漏报,必须拿出足够的证据说明自己确属"遗忘",不然就要被处罚;但是,这种"遗忘"只能限定在应交税额的百分之十以内,如果超出,无论有多么充分的理由,都将受到追究。所以,这位专家说,在法国没有一个人敢漏税。

附和真理,生命便会得到永生。

——泰戈尔

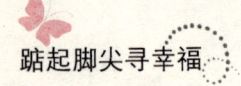

感受文明风貌

望着他在小巷口消失的背影，我心中升起一种敬意，尽管我知道他的这种行为对于我们算不了什么，在西方人看来更算不了什么。

在欧洲的一些城市，你有时可以随处感受到他们的礼貌风尚。清晨在宾馆的走廊或餐厅，你可能得到他们的问候，即便在街上与当地人"狭路相逢"，他可能会微笑着示意你先走。如果他有件什么东西掉在地上，你并没有帮他拣拾，只是稍稍让开，以便他自己弯腰拾起，他也会对你表示谢意。

我们在旅行途中经常的事情是留影，因而许多次碰到当地行人与游客对我们的礼让。比如你正在照相，几个游人没注意走了过来，其实他们还没有妨碍到你，但他们发现后会戛然而止，并且带着歉意的表情立即后退。在游览波恩大学时，大家听说这是马克思就读过的地方，都想拍两张照片留作纪念。于是，校园中间的大道这个有利地形便被我们占用了。这时，一位小姐骑车而来，我料想她会穿过去的，因为我们的摄影者还在对着焦距。可她没有抢，更没有旁若无人地从中穿越，而是从摄影者的身后绕过去的。她骑车的技术不错，是碾着马路的边沿骑过去的，既没有影响我们照相，又没有伤着草坪。

由于社会多了些这样的文明礼让，那种为一件鸡毛蒜皮的小事而相互辱骂，进而大打出手甚至杀人的问题，自然就避免了许多。这次访欧，我们行程万里，参观了二十多座大小城市，没有见到过一起街头争执或聚堆

哄闹的事情，那里的人们表面上很少有相互间的不快。

建立一座现代化的城市很难，而建立起一种以社会成员的文明素质为基础的社会精神文明就更难了。这些国家人们表面的文明风貌，是建立在一定的思想底蕴之上的。

在意大利佛罗伦萨的一个加油站，我们在那里停车小憩，同行者中有人从车后门扔了片口香糖纸出去，被车后另一辆大巴车的司机看到，他马上下车走过来。我们不知道他会对我们怎么样，那位扔纸的同志想下车拾起来也来不及了。转眼之间，一个意想不到的结局让人有些惊奇，那位中年司机悄悄地将糖纸拣起，带回到自己的车上去了。他车上一定有垃圾桶，可我们的车上也有垃圾桶啊！

如果说这种文明行为都没有超出举手之劳的范畴，那么，有些"助人为乐"的行为就不能不令人深感难能可贵了。那天，我们在慕尼黑吃完晚餐，按计划赶往郊外的巴敦艾布林小镇的旅馆。这个小镇距市区六十公里，为我们驾车的法国司机不明确道路，途中向一位中年男子问路。那男子极热情地向他比划了一阵，见他不明白，干脆走进车门，倚在驾驶台边给我们带路，一直将我们带到前面的大路口，那段路我估计至少有一公里。他告别时，老司机只是像平常那样自然地向他道谢，他也只是挥了挥手便匆匆离开了。我见他是穿小巷回去的，可能是抄近路。

望着他在小巷口消失的背影，我心中升起一种敬意，尽管我知道他的这种行为对于我们算不了什么，在西方人看来更算不了什么。

由于贫困和文化素质的低下，由于多少年来虚假思想的灌输，由于道德风尚的沦丧，我们作为"礼仪之邦"，这种人与人之间的文明行为反倒十分欠缺了。

>>>
希望是附丽于存在的，有存在，便有希望，有希望，便是光明。

—— 鲁迅

科隆小姐

在高收入、高消费的德国,别说销售17美元能创多少利润,即便这17美元全部是利润,恐怕未必够她们这种来回折腾服务的报酬,可她那么热情地做了,看上去是那么寻常,那么天经地义。

在科隆的一家商场,我看上了一辆遥控小汽车,上面标有美元和马克的价格,我直接将玩具车拿到收款处交款,收款的小姐看我付的是美元,便向我摇手,我知道她的意思是不要美元,她又向我指指楼下,我一时没有反应过来。她接连向我说了好几句,我都无法听懂,她无奈地对我笑着,那笑容充满着耐心。

她见我不明白,又连续把我带向两个柜台,我拿着手中的美元,她对那里的营业员说些什么,那里的营业员又向我说些什么,或者摇摇头。本来开始我猜想这可能是让我到楼下去换汇,但她这么带着我到几个柜台一"嘀咕",反而把我弄糊涂了,我以为她是在问别的柜台能否直接收美元,就干脆拿着钱听任摆布吧。

这时,旁边几位年轻人见我们无法沟通,主动前来向我边说边做手势,我估计他们讲的是英语。在反复尝试,我仍然听不懂的情况下,那位姑娘仍然是那样不急不躁,脸上一直保持着让你信任,让你平静的笑容。

最后,我见她从另一个柜台叫来一位小伙子看着她的柜台,她亲自带我下楼,走到电梯口,我一看时间不够,又转身赶回去将小汽车放回了原位。她只知道我不买,但不了解是什么原因,可她依然微笑着目送我离开。

办完事情后,我再次来到这家商场,径直走向四楼去货架取下那个玩具。当我再次出现在那位小姐面前时,她二话没说,就带我到一楼的换汇柜台。在我们前面有位顾客在办事,西方人极讲顺序,带我来的小姐自觉地陪我在那里站着。换汇柜台的营业员又接连接了三个业务电话,这样足足等了十来分钟,我望着她,颇有点不好意思,她不一定看懂了我的表情。

好不容易轮到我,柜台营业员又与那位姑娘"嘀咕"了几句,姑娘拿起电话,我估计是在向有关机构询问此时的汇率,接着又是填表、兑钱。就这样,那位姑娘一直带我把汇换好,直到上楼又陪我取货交款,一切停当后我笑着走开时,连说两声"thankyou",那是我仅懂的几个英语单词之一。这时我才发现,玩具业务不属于她的柜台。姑娘不算漂亮,但我却觉得她格外美丽。当我提着包装好的商品路经她的柜台时,再次由衷地向她道了一声"thankyou"。为一笔不足17美元的业务,她却放下其他事情,耽搁了好半天,并且这事原来不是她管的范围。在高收入、高消费的德国,别说销售17美元能创多少利润,即便这17美元全部是利润,恐怕未必够她们这种来回折腾服务的报酬,可她那么热情地做了,看上去是那么寻常,那么天经地义。这使我想起自己在巴黎遭遇的一次不快,那是我在一家商场的货柜上取了两瓶一般档次的法国香水,因为商场较大,不知交款在何处,正好听见对面柜台有两位年轻女营业员在讲普通话(后来听说她们是北京某外语学院的毕业生,到法国来做工的),便前去问她们。不料她们非但不给指路,还一再示意让我买她们的,并恶意污称对面法国人的柜台上卖的是"花露水",可是我对照了一下,发现同样的香水,她们卖的价格要高得多。她们就装做没听见我的请求,埋头做她们的生意。没法,我只好去麻烦人家外国人,两个柜台的外国人耐心地为我指了三次,我还是没明白,这时导游规定的时间已到,我正准备放弃这次购物,商场的一个法国中年妇女见我着急,热情地走过来,亲自把我带到正确的交费处。

不知怎的,回国后好久,当我走进商场时还想起那位永远不会知道她姓名的科隆小姐。

安东尼奥

那个晚餐,他特意买来一瓶酒为我们饯行,而我们是不曾付给他任何小费的。在一片高兴的祝酒声中,我请翻译一定转告他一句话:"感谢安大哥!"安东尼奥一听乐了,憨笑得更像一个孩子。

    我和很多人一样,由于与西方人接触不多,对他们的长相和年龄不敏感。为我们驾车的司机安东尼奥,与我们同行了好几天,我一直没有估对他的年龄。他敦敦实实的身材,在西方人中算是很矮的个子;头上是一片短短的卷发,白色里夹着一些金黄色;手臂上没有很多白种人那样的长毛,但皮肤很不细腻,并且有些松弛。我以为他有七十来岁,把他当作一个老人,后来听说他才五十一岁。

    安东尼奥是意大利人,在法国工作,那辆大巴就是他的岗位和饭碗。我没有问车子是某个公司的还是安东尼奥本人的,反正法国方面的接待部门与他是租用性质,连人带车给他多少钱,他就成了我们访问团的一员了。

    近二十天中,我们要驰骋欧洲大地,就靠安东尼奥了。按照日程安排,最多的时候我们一天要路经三个国家,跑完几座城市。欧洲的国家没有我们的国土这样辽阔,但按照这样的行程跑起来,也是很紧张的,常常是晚上九点或十点以后,甚至更晚,我们才能完成当日的行程赶到宾馆。好在北欧日落得很晚,使我们没有多少"摸黑"的感觉。这样,我们每天都要拿相当多的时间用于路上奔波,大家可以经常地坐进舒适的大巴睡一个长觉，安东尼奥不但不能睡，而且还必须目不转睛地盯着前方驾车前行，最辛苦的应该是他。

一天中午，吃饭的地方快到了，车上一片睡眠的状态很快结束。"安东尼奥，你辛苦了！"我一边调整着自己的精神，一边很随意也是很善意地问候了他一句。没想到他不但听懂了，而且回答得十分精彩："都辛苦了！"这句"首长语言"被他运用得如此恰到好处，使大家深感意外，又觉得有几分幽默，从而赢得了大家的赞扬，他也向大家更靠近了一步。

安东尼奥的车子经常被来自中国的旅游团或考察团雇用，他的这些简单普通话显然是从过去的团队学来的。他对语言很敏感，我们的很多短句子他丝毫不用练习，第一次跟着念出来就比较准，有人故意用武汉方言教他，他也说得很像。我断定，如果把他放在中国生活半年，他完全可以独立地生活。

为我们担任翻译的张先生加入了法国籍，但他在我们心目中仍是中国人。所以，当我们这帮外国人进了车子后，安东尼奥就成了唯一的"外国人"了。在大家感到需要解除一下疲劳的时候，或大家觉得沉寂，需要活跃一下气氛的时候，都会想到这位"老孩子"，多半是利用语言的障碍去逗他。翻译有时也故意撩拨他，以便引出一些笑话。我们这行人虽然没有去看过那种污秽的东西，但也能从安东尼奥的回答中得到一份开心。

安东尼奥的"顽童"性格当然不在这些，多半还是他"自我暴露"的。比如，在德国慕尼黑过街时，他在前面装成一个瘸子，一步一拐地在繁华的闹市出洋相，可奔驰的车流却耐心地静了下来，等待这位"残疾人"艰难地过街，而我们就可以借着这机会从容地穿越了。有天在荷兰海牙的中国餐馆吃午饭，虽然餐厅坐落在北冰洋海滩，但没有窗户，很有些闷热，本来与翻译在一旁单独吃西餐的安东尼奥却来到了我们的席上，只见他扯过一块白布餐巾，一本正经地放在桌上折叠了几下，用两只手牵起来送到一位同伴面前，这时只有翻译知道他要干什么，就叫那位吹一下。原来他在做游戏。当大家刚刚回过神来时，一对大大的白色"乳房"已经挂在安东尼奥的胸部了，有人真的笑得喷出了饭粒。他的"魔术"起到了极佳的效果。

安东尼奥属于劳动阶层的人，西方所谓的开放观念在他身上也得到了充分体现。他与妻子离婚后一直未娶，三个孩子均已成人，老大和他干着同样的职业，正开一辆小面包车载着另一个旅行团，开始与我们同路，因此我们见到过他，也像安东尼奥那样敦实。

日复一日的朝夕相处，安东尼奥也对我们越来越友善。每天上下车时，几十件行李箱他都要一一亲手装卸，有时别人看他累，想帮点忙，他也不肯。他认为只有他亲自搬放，才能放心。如果说这在西方属于司机职责的话，那么，他主动帮大家把购买的巧克力从车顶处一一转移下来，就属于助人为乐了。他有经验，放在车顶容易被阳光烤化。在佛罗伦萨那天，因为修车耽搁了路程，赶到罗马已经很晚，我们的大客车来不及办手续进入市区，在市内原订的晚餐也吃不上了，翻译只好决定带我们找个地方吃西餐。安东尼奥深感过意不去，主动说他知道市郊哪里有家中国餐馆，并坚持要带我们去。

在我们即将离开罗马的日子，我们访欧的行程也接近尾声。安东尼奥似乎也不愿意与我们分手，那个晚餐，他特意买来一瓶酒为我们饯行，而我们是不曾付给他任何小费的。在一片高兴的祝酒声中，我请翻译一定转告他一句话："感谢安大哥！"安东尼奥一听乐了，憨笑得更像一个孩子。

道别的时刻终于到了。在罗马国际机场，大家挥手目送着安东尼奥驾驶着他的大巴走了，但那个大家叫一声"安东尼奥"便能引出一串笑声的意大利司机，却永远留在了我们的记忆中。

坚强的信念能赢得强者的心，并使他们变得更坚强。

——白哲特

北欧的秋色

白天的游轮不知什么时候开走了,戴着大沿帽的船长肯定也走了。那列送我们去看过雪峰险谷的老式绿色列车,回到了峡谷中的小站,可那位高大而严肃的火车司机却不知哪去了。在列车漫游途中,一直爬在窗口看雪的那个头戴列宁帽的快乐少年也不知哪去了。

再访巴黎

秋叶飘落的巴黎,不是我记忆中的巴黎。

第一次来到巴黎,是个初夏时节。凡尔赛宫外的花圃和许多临街窗台上简洁的花簇,装点着这座西方名城春的烂漫与春的热烈,如织的游人在这里追寻着春光的脚步。

我曾带回过巴黎春天的整部相册,尽管那种繁华和绚丽不属于我们。

巴黎,对于我这个来自东方的普通造访者来说,也许它永远是模糊而又陌生的。

因而,当我再次飞往巴黎时,心中依然没有巴黎,眼前秋景中的巴黎也更加冷漠。

我们降落巴黎,已经是华灯初上的时刻。再次登上塞拉河的游轮,一道道飞跨的桥梁和两岸连绵不绝的古典式楼宇以及那座闻名于世的巴黎圣母院,在如昼的灯火中更加富丽亮堂。我想起瑟瑟秋风中昂首行走于街灯

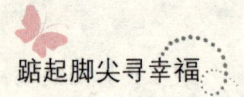

下的贵妇,无论她们多么庄重与美丽,在我们看来都只是一道风景。

很多人说巴黎是浪漫之都,我从未感受到它浪漫在哪里;也有人说它是最开放的都市,但我说不出哪个西方的发达都市不及它开放。

踏着遍地秋叶,走过巴黎的大街小巷,走过一幢幢气派典雅的灰顶大楼,我不知道自己到这里来寻访什么,还不由生发出几分怅惘。

埃菲尔铁塔矗立在灰暗的云表之下,凯旋门也在疾驰的车流中孤傲地凝视着天空。整个巴黎并不在意寒凉的秋色,更不在意从万里之外赶来的访客。

然而,我从巴黎白昼的冷清之中,从它入夜的灯海之中,依然感觉到了它那强劲的心跳和血流的涌动。

我走了,是在巨大引擎的轰鸣中离开的,是在一个阴雨蒙蒙的午后时刻悄然离开的。

我能够带走的,只有巴黎飘零的落叶和塞拉河上灯光弥曼的凉夜。

舱外雪原

往北,往北。

窗外悬空的银灰色的机翼,总是那么纹丝不动地横斜着,只有对照远空的景物,才能感觉出飞机在箭一般向前穿行。

舱内,只有速度的轰鸣。

临窗的那个白人女孩读着一本翻旧了的书,我读的是一张从国内带来的中文报纸。

她扫了一下我手中的报纸,投给我一个礼貌的微笑;我乜斜了一眼她捧着的书,只见书上有些欧洲原野风情的插图。我们都不知道对方读的是什么。

她放下书,凝视着窗下的雪原。

哦,我们好像在穿越极地。

多么辽阔呀!我肯定听懂了她的惊叹,尽管我不知道她说的是哪国的语言。

遍地都是洁白的积雪，那里有大片大片的麦地，机耕的土壤呈现出规则的波浪，积雪也按照规则一丝不漏地将其盖了个严严实实。

还有隐约的村庄、宽阔的马路以及远方模糊的建筑。

生活给大地雕塑了什么，大雪就将这里的一切复制出什么形状，不会有一处走样。

只有村落边的池塘没有被覆盖，剩下薄薄的残冰在墨绿的水面漂浮着。

冰岛，我们要抵达的目的地，一个总让人寒冷又觉得神秘的世外岛国。我想这会儿，这地方该是寒冬了。

更远处，像是无际的冰川，冬季将一切扫描成了白色。

一切都很神秘，但无法弄清我们飞到哪里了。

女孩脱下外套扔在座椅下的地毯上，又索性从她大红大绿的花布棉靴里抽出双脚，快乐地缩到椅子的边沿上，她那双眸子已完全属于窗外的雪景了。

不知什么时候，她抱起了一部与她那双纤手很不相称的黑色大相机。几声咔嚓之后，她扭头将摄取的镜头放给我欣赏，蓝蓝眼珠里的兴奋，把她的笑容衬托得更加灿烂和机灵。

OK！我伸出大拇指。

我们一起为机翼下的壮美而感动，又一起感受了语言阻隔的遗憾。

横在眼前的机翼标志着我们的高度，也是舱外世界的唯一参照物。

飞机在空中飞了多远，我们脚下的雪原就延伸了多远。直到我们感到有些颠簸的时候，才看到漫漫长风将无际雪景抹成了白色大漠，雪后的景观没有了，阳光映照在雪堆上的金色光亮没有了，随之而来的，是风的巨帚抹出一座座光洁的"沙丘"。

我蓦然醒悟，航班没有经过极地，我们飞越的原来是一片大洋，是大洋之上的茫茫云海！

浩瀚海洋是陌生的，北大西洋万米以上的高空是陌生的，但那个透着几分顽皮的活泼女孩却不陌生，神奇的云浪在海洋上空铺设的世界却不陌生。

这次航程，我们一起飞越大海，一起穿过万里云天，一起阅读了一部我们东西方文字中都不曾读到过的云上世界。

夜色中的小镇

这是一座建在群峰怀抱、坐落在狭窄谷底的小镇，具体说来只有一个游轮码头、一个火车站、一座旅馆和几栋零星的房子。

各种肤色的很多游人白天乘上游轮，穿过峡湾的画境来到这里，也许并没有留意到，自己被留在了深山峡谷之中。

一天的风光陶醉，在渐暗的夜色里刚刚结束，小镇夜间的诗意却不知不觉又在峡谷中的灯火里开始了。

被冰雪覆盖的雪山近在咫尺，刚才在夕晖下还格外明亮，转眼间已隐蔽到了黑森森的夜空。深达千米的河湾，只留下岸头的灯光照见黑洞洞的河水；半山间那道幽深的隧洞不见了，山顶飘挂而下的那条高高的银瀑也没了踪影。

白天的游轮不知什么时候开走了，戴着大沿帽的船长肯定也走了。那列送我们去看过雪峰险谷的老式绿色列车，回到了峡谷中的小站，可那位高大而严肃的火车司机却不知哪去了。在列车漫游途中，一直爬在窗口看雪的那个头戴列宁帽的快乐少年也不知哪去了。

小镇彻夜通明，码头彻夜通明，小小火车站也彻夜通明。

站旁还有一座十分简单的火车陈列馆，就是一间玻璃墙的房子，里面陈设着古老的木壳机车，如马车车厢一样的木纹，在透亮的灯火下清晰可见。这让人想起小镇旅馆大厅里那辆马拉的老爷车，想起我们在黑白影片和一些老画册上看到的遥远的欧洲。

整个旅馆沉睡了，整个小镇沉睡了，整个山谷沉睡了。

而旅馆楼前那株高大的银杏没有入睡，在灯影里更加挺拔金灿，像是小镇的一个夜哨。路边一方方草地没有入睡，它们在低矮的栅栏里绿油油地等待着夜露。还有林荫下的花丛也没有入睡，它们还在迎着寒湿的夜风悄然开放。

黑茫茫的夜幕中，小镇那迷人的故事还在继续。

小镇叫弗洛姆，不知道坐落在挪威的什么位置，但它的名字对于这个寓言中的世界来说，已经无关紧要了。

挪威的丛林

汽车沿着山间公路向前疾驰，沿着金煌的深秋向前疾驰。

秋日落下的本应是枯枝败叶，是枯槁和伤怀。而挪威的秋意却是透明的金黄，却是旖旎的画幅，林子里飘落下来的也是如歌的色彩，也是金子般的诗句。

法桐、榉木、银杏树，为挪威披上了金灿灿的季节。还有漫山遍野的白桦林，更是一片梦幻的深黄，更能激起人们童话般的想象。

西方画家笔下那种黑色底衬的风景，我们曾读过千百遍，但没有看到过秋天的画笔这样大涂大抹，没有看过这样的峰谷，没有看过这样的远山，没有看过这样苍青衬底的金色油画。

千里长峡，千里画廊。

挪威的山水，是用油画拼装出来的。

来自西方或东方的游人，似乎都在用同一种语言发出惊叫和赞叹。

那种心灵的语言，源于心灵的震撼。

奇妙的是，挪威的晚秋还能展现出四季。沿途，涧底的河流荡漾着碧澄的春光；两岸的坡地上分布着整洁的牧场，一片片绿油油的草地如茸如毯，洁白的羊群在这人工种植的草场上悠悠移动，使人闻到这临近北极的夏日的生机。山间的树丛，金黄里间以艳红的枫叶，昭示着眼前本来的时令，峰顶则是万年常在的皑皑冰雪。

海洋，把这里的四季风光浓缩在一个镜框中。当然，暮秋的挪威，主色调还是金黄的韵律。

因为，挪威的丛林是金黄的，挪威的群山是金黄的，挪威的季节是金黄的。

千山万壑，秋光越来越黄了，白桦树的树干越来越白了，一座座星散

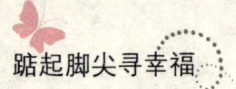

的坡顶木屋也越来越令人遐想。

丛林里那些坡度很陡的小屋,木墙石瓦,尖顶上还竖着方筒式的烟囱或小小天窗,但不见袅袅炊烟,也不见有人进出,总让我想到安徒生笔下的密林和那些可爱的小矮人。

那木屋,那树丛,那静谧的秋空和清澈的小河,仿佛在给经过这里的孩子们描绘着动漫式的彩色插图,描绘着白桦林的故事,描绘着秋天的故事。

生命在闪耀中现出绚烂,在平凡中现出真实。

——伯克

看不到警察的城市

后来到了德国的法兰克福,才在街上看到两个警察,算是填补了我们已经走过的行程中的一个"空白"。几天后我们在奥地利的格拉茨,司机迷路了,翻译不知从哪里请来一个警察为我们指路。

走过几个国家之后,我们才意识到,这里的城市看不到警察。

后来到了德国的法兰克福,才在街上看到两个警察,算是填补了我们已经走过的行程中的一个"空白"。几天后我们在奥地利的格拉茨,司机迷路了,翻译不知从哪里请来一个警察为我们指路。我以为是交警,他说在欧洲街上是看不到交通警察的。

的确,在我们的万里行程中,没有看到一个交警。无论多么繁忙的道口,车辆都能自觉听从红绿灯指挥,更为可贵的是,满街的行人也都能自觉地遵守交通规则。不过,行人如果要急于过街,也可以自己操纵指示灯,让汽车停下来,汽车也经常礼让行人。虽然人行道上亮起了红灯,但如果街口的行人没有过完,特别是车辆发现你们本是一群人将会被隔散时,驾车者会很友好地示意让行人先通过。

以人为本,乘客至上,在欧洲交通的其他方面也有充分体现。在意大利的比萨,前往斜塔的车辆必须停在数里之外,所有观光者由专车免费送达,那是一种列车式的大型公汽。记得在我们回程的时候,汽车已经启动,一位西方老太太突然揿起电钮,司机急忙停车,原来是那位老太太要等她一位同伴。当然,这种等待是十分短暂的。在罗马达芬奇国际机场,

踮起脚尖寻幸福

我们即将告别欧洲，但机场不能按我们预想的那样让乘客提前进场。我们必须办完验关和退税手续，比较繁琐，翻译忙得猴急，因为他想提前赶回巴黎去送他准备回上海省亲的女儿。在他为我们办完一切手续，几乎满足了每个人的要求之后，他才匆匆离开去"碰运气"。还好，在我们拖着各自的行李慢悠悠进场的途中，发现他紧随一个人冲锋般地赶向登机口。他边跑边向我们挥手告别："再见啦，我还剩一分钟！"此时，我感慨的不是他的"一分钟"，而是冲在他前面的比他还急的那位机场人员。

还是回到警察的话题。虽然在欧洲看不到交警，但交通秩序是良好的，车流比较畅通，我们在那里二十多天，还没有碰到过严重的塞车现象。更让人惊异的是，我们从未听到过一声汽车鸣笛，好像那里的汽车全都没有安装汽笛。

在欧洲，驾车者都能自觉地拴好安全带，因为这也是硬性规定。更不能酗酒，据说酗酒驾车者一旦被查出，将会被吊销驾照；如果是职业司机，终生不得从事驾车职业，谁敢拿自己的饭碗去冒险？

如果说没有交警出现，是由于有政府的严格规定和市民的良好习惯在起作用的话，那么，许多城市不见治安警察游弋，又靠的是什么呢？那里，包括王宫、总统府、市政厅在内的各种建筑，除极少数地方保留着身穿几个世纪前的军装的礼仪性士兵之外，一般都没有门岗，也没有门卫或保安之类，还没有院墙相隔，游人可以自由地在这些建筑的门前徜徉、拍照。当然，这不等于他们没有安全防范措施。

不过，"没有警察"的地方不能包括意大利。在我们赴欧之前，有关方面提醒说，意大利治安状况较差，刚刚发生过吉普赛女郎在广场上公开抢包的事，她们尤其爱抢中国人，因为我们习惯使用现金。到了意大利之后，发现这里的外观环境果然差些。于是，我们在威尼斯的广场门前，与两位骑马的年青巡逻警合了影，再接着在罗马的入城处，碰上了正在处理车祸的现场，与我们处理车祸相同的是，交警也用皮尺量距离。我们没有遭遇被偷被劫的不幸，但遗憾没有看到吉普赛女郎是什么样子。

或许这些见闻不是散文的题材，更没有什么诗意，但它可以给我们一些启示。

访问古博瓦

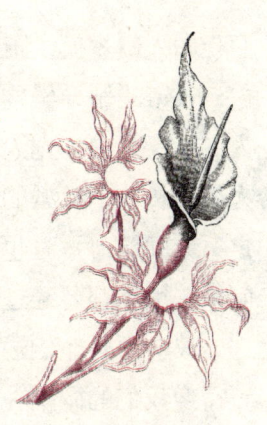

哥索斯基那天特别高兴,又特意到里间取出了他当选市长时披过的那副大红绶带,乐颠颠地斜挂在身上与我们合影。包括他们自己人,也被市长的举动逗得直笑。

六月初的一天,我们乘法国航空公司的班机,以每小时近万里的速度,经过十个小时的航行,从北京赶到了巴黎。我们的访问得到了法国专家义务咨询协会的大力支持。该协会主要由一些退休的各类专业人员组成,与各国进行各方面的义务交流活动,有"发挥余热"的性质。他们有专门的接待组,曾经根据中国方面的要求,派过一些专家到中国进行访问交流。根据该协会中国部的安排,大家重点到巴黎的古博瓦市去学习了他们在城市管理和社区建设方面的一些有益经验,受到该市领导人的热情接待。

议会厅

带我们前往的是一位高个老人,他举止有礼,总是面带微笑。他说他到过武汉,我便和他交换了名片,由于文字阻隔,我们彼此还是不知道对方叫什么。他径直把我们领到了古博瓦市的议会厅。

古博瓦市是巴黎大区所辖的一个市,实际已成为巴黎繁华市区的一部分。该市常住人口七万,另外每天大约有七万人从外区赶来上班,其辖区面积和人口规模，跟我们大一点的一个行政街差不多。根据法国的宪法规定，该市的领导机构设有市长一人，副市长四人，加上议会议员共四十九人。市议会由多党人员组成，每六年进行一次选举，目前这一届有四十一人是市长这一党派的，其他党只占八人。市议会每月召开一次会议讨论决定重大问题，平时也经常开会讨论一般问题。城市经济预算是最难确定的问题，每年都要经过激烈争论，才能形成决定。

议会厅是他们通常的会议场所。我仔细环顾了一下，它规模不大，设置得像我们的微型礼堂，只能容纳百来人，并且比较简朴，椅子全是木质硬板，只有前两排设有木桌，每个席位上配有一支细长的麦克风。我数了数，不多不少，正好四十四席。不用问，这一定是议员们的席位了，后面的椅子大概是为旁听者而设的。

该市第一副市长克洛德·昆茨先生介绍说，城市四分之三的工作由市政府完成，地方政府没有任何企业，财政收入完全来自税收，政府费用主要从地方税中提取，而地方税收主要来自动产税、不动产税和职业税三部分，其中百分之六十来自职业税。该市因为驻有一些国际性大公司，就业状况很好，经济发展也很好，税源丰富，税收很高，拥有比较宽裕的城市管理费用，但根据法国中央政府的规定，收入好的地方每年要拿出一定经费支援差的地方。古博瓦市每年的财政收入约有八亿法郎，相当于我们的九亿多元人民币，其中要拨出十分之一支援其他地方。

该市共有公务人员一千九百人，其中包括国家公务员、地方公务员，但多数为卫生单位的公务员。他们的薪金用地方财政收入开支，其中市长每月的工资为三万多法郎，这在高收入、高消费的西方国家是不高的，并且他们没有公务用车等职务开支。

政府做什么

古博瓦市这一级的政府下面，没有更小的地方行政机构，他们的工作是"一竿子插到底"。经我们提问，才知道他们主要靠一些宣传方式去告知和引导居民。同时，这位副市长告诉我们，他们正在讨论是否需要建立

街区委员会，如果可以建立，他们准备建五个。街区委员会相当于我们的社区居委会，类似我们的群众自治组织，主要承担服务性工作，没有行政性质的权力和任务。

古博瓦市的财政收入主要用于本地的公益事业。比如教育，市政府根据市政规划（巴黎市总体建设仍然沿用二百年前的大体规划进行），以招标方式委托房地产公司来修建学校、托儿所和幼儿园，由政府出资建设，也由政府管理，并且这些教育单位都是免费的，如果在其他方面需要收取一定费用，也要根据孩子父母的收入收取。

该市设有青少年服务中心，中心拥有一些活动场所，这些场所分散在一些学校里面。全市还建有一座游泳池，一个溜冰场和三个体育场，供居民参加锻炼活动。

在城市建设方面，像巴黎这样的世界名城，很注意发展绿地。古博瓦市面积四百二十公顷，拥有一百二十万平方米绿地。昆茨副市长说，他们的绿化搞得不够好，绿地还是不多。他们的绿化工作，完全由市政府拿钱雇人进行绿地管理，是绝对不创利的。但是，因为大量人口从外地赶来上班，白天人口是夜晚人口的两倍，该市政府认为，他们的交通还是个问题。

在社区福利方面，该市每年还拿出大量资金贴补低收入者租房。目前，全市有四千三百处低租房屋需要政府出资弥补，享受这种租房补贴的居民有一万五千多人。

在社区文化建设方面，该市建有文化中心，有四个协会之家，有二百多个文化组织和社会团体，每年都要组织很多文化活动，也邀请过包括中国在内的外国较高层次的文化团体前来演出。这样的活动，有时由政府解决经费，完全不收费，有时要卖票，不足部分由政府补贴。该市还有一个音乐厅，经常开展一些音乐知识讲授活动。因此，居民文化生活比较丰富。

在社区治安方面，主要靠警察承担，法国有全国统一的警察，也有些经济富裕的城市自设警察。

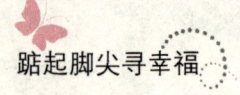
踮起脚尖寻幸福

会见市长们

从议会厅出来，昆茨副市长热情地邀请我们去参观他们的办公楼。这本是我们计划外的活动，大家还是很高兴地随他前往了。

办公楼是一座很小的老楼，记不清我们是怎样走过弯拐的楼梯的。上楼后，昆茨喊来了他的几位同僚，就站在狭窄的走廊上与我们见了个面。其中有位中年妇女我印象较深，听说也是他们的副市长。我立即想到他们的政府领导班子是否也讲究结构，一定要配备一名女领导，又不禁想到自己的想法很可笑。

昆茨先让我们看他的办公室，是一间很小的房子，只有一张办公桌、一只茶几和几把椅子，到处都堆满了文件资料，看上去是一片散摊的纸张。昆茨一边招呼着我们，一边忙乱地就手码了码桌上几堆不整齐的文件。他让翻译转告我们说："太凌乱了，不好意思。"其实我们有些办公室往往也是这样的，所以我说"没关系"，不知道翻译怎样向他转述这句话。

接下来，我们穿过半截走道，到了市长的办公室。他的办公室略大一点，外面还有一间小型会议室，跟我们这里的"一把手"差不多。身材高大的市长满面笑容地从里间迎了出来，先是给我们分送了名片。那张尺寸比我们大得多的名片没有白拿，我回头请翻译帮我译出了雅克·哥索斯基这个名字。哥索斯基那天特别高兴，又特意到里间取出了他当选市长时披过的那副大红绶带，乐颠颠地斜挂在身上与我们合影。包括他们自己人，也被市长的举动逗得直笑。当然，没有谁认为他的行为张扬。如果说中西文化礼俗存在差异的话，这应该是一例了。

抠门的政府

古博瓦市政府的办公楼，印证了我们以前通过媒体了解到的一些东西。记得欧洲某国总统接见我国的领导人，就在一个很小的客厅，两个主要人物对坐在房间一角，中间隔了个小圆桌，桌上没有鲜花，只有一盏带

罩的老式台灯，电线从桌上拖到地上。

一则外国通讯社的电讯报道说，阿根廷副总统的办公室因多年闲置失修，已经破烂不堪，新任副总统到职后无法使用，只好自掏腰包进行修缮，从粉刷油漆到修理家具，花掉了副总统七千比索（约合二万元人民币）。西方官员薪水比我们高得多，但这项开支毕竟是自费，因为阿政府当年的预算中没有这笔开销。

相比之下，我们有些干部的办公室就阔气多了，并且用不着自己破费一分钱。一个基层局长的办公室竟然近百平方米，并附带有讲究的卧室，一大排书橱里全是装帧豪华的精装书，据说有的办公室仅购书就花了几万元。如果他们能多少翻看一点，也算是对得起那笔巨额开支。遗憾的是，听说他们和许多官员一样，"没有时间"读书。再说，那些书即便他们想看看，很多书他们未必看得懂。最后，那些书会不会被他们席卷回去装饰自家，也很难说。

类似这样阔绰的办公室，毕竟只有少数"好单位"搞得起，但在办公条件上的攀比现象，却不是少数单位的问题。苏北某贫困县大建办公楼，有的局长办公室不仅装修豪华，还配建了专用洗手间。原省委书记李源潮批评说，楼高不等于形象好，艰苦奋斗不讲不得了。

在欧洲，官员是不敢随便花费纳税人的钱的。古博瓦市政府在接待我们这批中国客人时，除占用了一会儿议会厅之外，可以说他们没花任何费用。头天，法国专家义务咨询协会向我们介绍情况，整整一上午，每个座位上仅仅摆了一瓶矿泉水。我一直在猜想，就是这一瓶水，也许是他们考虑了不同国情，或者是考虑到天热时间长才摆的。因为很多国家，在这种场合根本没水喝。他们的介绍持续到十二点整，午饭时间到了，主持者压根儿不知道我们会到哪里去吃饭，却幽默地"祝大家好胃口"。假如这件事倒过来，我们不知要如何招待才好，即使没有准备，但"到了吃饭时间"，怎么着也得安排一餐。

不过，他们的政府也有舍得花钱的地方，那就是他们的公益场所。在古博瓦市，我们的最后一项活动，是参观该市的婚庆礼堂。这所礼堂原先是他们的市政厅，规模不大，但改作公益场所之后，从天顶到四壁，都装饰得十分漂亮，绘上了传说和圣经里的故事。主席台铺满了大红地毯，一张宽大的讲台古香古色，雕刻得十分考究。市民结婚，都要到这里举行仪式。我们没有这样的专用场所，有位同志怀着几分好奇的心情跑到讲台上，对着麦克风模仿主婚人，让别人为他照相，但他摆出的却是领导作报告的姿势。首先是陪同参观的一位法国女士发现了这个"镜头"，便带头为他鼓起掌来。这个"插曲"说明法兰西人不但热情有礼，而且善解人意。

后来，我们到奥地利的萨尔斯堡等城市，又看过几处婚典场所，因为它们与古博瓦不同，是独立的城市，人口也多些，所以这样的礼堂也修建得更好，有的内壁上也悬着精美的雕塑，装饰得金碧辉煌。

生命的用途并不在长短而在我们怎样利用它。许多人活的日子并不多，却活了很长久。

——蒙田

情侣岛上的真实童话

这座海上公园的林子上空,还盘旋着轻盈的海鸥、灵巧的画眉和啄木鸟,等等,它们在人类面前都丝毫没有感到敌意,看上去它们都像马戏团经过驯化了的动物一样,让人感到亲近可爱。

赫尔辛基坐落在芬兰湾一个风光绮丽的半岛上,我们来到这里时,已经是一个深秋季节,整个海湾浸透在凉飕飕的空气中,但赫尔辛基的海风与阳光融在一起,加上远远近近暖色调的浓荫,烘托着这里尖顶的教堂和群立的楼宇,使人感觉不到寒秋的肃杀。

体态丰盈的天鹅和许多水鸟也没有从这里的海湾撤走,尽管严寒的冬季即将来临,它们还留恋着这里最后的时令和海浪的水温。

因而,这个时节我们还能在这里看到人类与自然和谐相处最生动的场面。

世界各地的游人来到赫尔辛基,都要去情侣岛,去体验和见证那里的鸟类怎样与游人相处得亲密无间的。

情侣岛是这个滨海城市近郊的一处小岛,小桥连接起几个靠陆的小小岛屿,便有了一座公园,便有了一个每天都发生着童话故事的迷人处所。

如果说整个赫尔辛基就是一座公园的话,那么著名的情侣岛不愧是这座公园里的公园。

在蓝色的海湾一角,长长的栈桥通往金色的丛林,各种水鸟成群结队

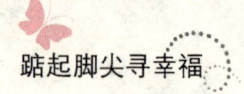

在海面上慢悠悠地游动着，或者在桥栏的空中欢叫着。

晚秋的午后不是情侣的时光，我们在这座名为"情侣公园"的林荫里，没有见到任何爱情的影子，只有那些要么很悠闲、要么很兴奋的鸟群。

与其说这里是城市的公园、游人的公园，不如说是鸟类的公园。

鸟群里数量最多的是北极雁，羽毛灰色，有的在海水中忘情地嬉戏，有的在岸边或桥头摇摇摆摆地漫步。一旦有小朋友撕碎面包撒向水中，它们立即轻快地划过水面争相而来，一个个半竖起身子，高扬着头颅，微展双翼，如在冰上滑行般快捷，那肥硕滚圆的身子怎么也看不出笨拙。有些灰雁还奋然跃起，以其长喙直接在孩子们的手中攫取食物。

这时，等候在树枝上的乌鸦也不甘坐失良机，它们看准食物，敏捷地俯冲下来，也能有所收获。这时，你会看见这里的乌鸦除了头尾和双翅乌黑之外，其余部分都是灰色的，它们与人类极近距离的靠近，颠覆了我们中国那句"天下乌鸦一般黑"的真理性俗语。

相比体格肥大、但行为和动作都很俗气的大雁，美丽的天鹅姑娘不知高雅到哪儿去了。它们停浮在人们伸手可触的海面上，对着如镜的海水从容梳妆，对过往的行人似乎视而不见。尽管有些游客想方设法上前挑逗，它们也只顾打理自己的羽毛，其神态庄重自尊，雍容华贵而不容亵渎。

此时，我特别理解芬兰人为什么喜爱天鹅，他们把天鹅定为国鸟。

不过，情侣岛上最招人喜爱的还是活泼的小松鼠，它们抖动着高翘的尾巴，使游人一眼就能将它们与路边的积叶分辨开来。它们是岛上的常住居民，总是像孩子一样期待着家里来客。

当我们还行进在栈桥中段时，老远就看见一两只松鼠在桥那头的林荫路口欢蹦着迎接我们，可当你走近时，它们却迅速退到了路边，不是惧怕，像是礼让。

当地人俯下身子，伸开手指接近地面，它们就欢快地跳了过来，把嘴探向手心。原来，它们以为有人馈赠食物。

尽管是哄骗它们，但它们毕竟不是孩子，你再次伸出手心时，它们还会再来。

那个下午，前来游览的只有零零星星的当地游人和一群幼儿园师生。一位好心的金发姑娘带着一袋炒熟的花生豆，自然成了小精灵们追逐的对象，她主动给了我一把，才把它们引到我的手心。可小家伙叼走一粒后，转身就跳到树后去了。有经验的导游告诉我，松鼠要准备食物过冬，它们将刚刚得到的花生豆埋在某个洞穴里，马上还会再来的。话音未落，它们果然又半竖着身子跳过来了。

这座海上公园的林子上空，还盘旋着轻盈的海鸥、灵巧的画眉和啄木鸟，等等，它们在人类面前都丝毫没有感到敌意，看上去它们都像马戏团经过驯化了的动物一样，让人感到亲近可爱。

情侣岛真正是鸟类的天堂，也是孩子们最留恋的乐园。当然，在与这些可爱的精灵们零距离的接触中，感到非常开心的不只是那群天真的白人娃娃，还包括我们，以及到过此地的所有游客。

这片在常见地图上找不出标示的微型岛屿，就这样每天向世人上演着人类与自然界高度和谐的真实画面，早已成了一道闻名于世的动人景观。

当然，在这个诗画般海湾的很多角落，都可以看到这样的场面。说不清在这里的秋光树影里，有多少生灵和赫尔辛基的居民一起，享受着这里的盈盈海浪和悠悠云朵，享受着大空的温馨与宁静。

这个下午，我仿佛回到了记忆深处的孩提时光。可是，不知从哪里冒出红烧、煨汤、爆炒、下酒的话来，这是我们的某些同胞对待野生动物的恶俗词汇，于是，我还想到那些所谓精明能干的丈夫及其妻子脸上的得意微笑。

据说有位中国学者写过一本书，叫做《"傻帽"的芬兰人》，因为这里城市的公共汽车和电车没有人监督，全由乘客自觉投币；驾车者到加油站都是自己动手加油，加了多少全凭自己报数交费。

我想，更能见证芬兰人的"傻帽"的，是我们在情侣岛上的所见所闻。他们把诚信的生活准则延伸到了对待自然的态度上，善待动物，决不伤害它们，面对那些不会说话的鸟兽，也能做到言行如一。如此日复一日、年复一年地依靠全体居民的共同努力，他们才赢得了各种动物的高度信任，才有了动物们在人类面前的那种泰然神态，才有了动物与人的相互

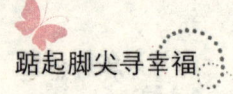

友好和相互会意。

诚信，在这里早已超越了时尚。

诚信是社会文明的高度，我们的行为距离这种诚信还有多远，是几十年还是几代人？

夕晖渐渐降临，我们该离开了。可是，这季节，这都市，这海岛，我们无法用语言沟通的异国风情，不仅是用和谐与美丽所能表述的。

谁能以深刻的内容充实每个瞬间，谁就是在无限地延长自己的生命。

——库尔茨

第四辑

人生路上的烛光

一个时代的名著，大都是在一代作家逝后，才由下一代认定它们。这样，读名著大半就是读故人的东西。对大多数读者来说，不必去等，等到论定了，我们也死了。还是自己挑选着看，认为哪些当代作品能感动你、启发你，你就读哪些。

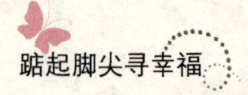

珍惜你最初的爱

我至今不知道那两本书叫什么名字，大概是"文革"前的通俗读物，书中的人物、情节甚至包括一些章回的题目我还记得很清楚。

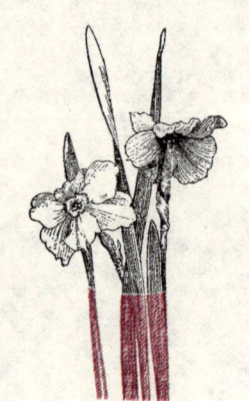

我这里所说的爱，是读书人对书的爱。

最初的爱是纯真的，没有什么杂质，也最能使人刻骨铭心，尤其值得我们珍视。然而，这个机会对我来说，早已不复存在了。

我的出生之地是一块贫瘠的丘陵，它竭尽最大力量，也只能让其怀抱里的生灵得到起码的生存条件。我的祖辈都与书无缘，父亲倒是有幸念过几年私塾，是全村唯一的"知识分子"，包揽着村里写对联这样的雅活，后来还当过小学教员。我记事以后，常看到他为大家"唱本子"，什么《十二段锦》、《雪梅吊孝》等等，都是线装黄表纸书，有的是手抄的，大抵算得上民间流传的长篇叙事诗。大人们一个个听得聚精会神，我却对那种自始至终一个音调的吟诵毫无兴趣。等到我可以独立阅读的岁数，已经是"批三家村""砸封资修"的年月，父亲把那些东西全都还给了别人。唯一属于自己家的一本书，是父亲读过的线装《千家诗》，被母亲用来夹了鞋样。有一次，我钻到床底下找鞋子，无意中从墙角掏出一本《牛郎织女》，那是被父亲看不起的不算书的"娃娃书"，却使我高兴了好几天。

从此，我以那本连环画为资本，和同学们交换了一些"娃娃书"回来看，大多是"打仗的"，如歌颂杨家将、史可法、刘邦斩蛇、田单布火牛阵等。"热闹"看完了，又不禁要问，古代人为什么爱打仗？后来想出，

第四辑 人生路上的烛光

是因为一些人要推倒另一些人，都要当大官，都想管治很多的百姓，以得到很多的钱财和美女，矛盾无法解决，便只有打仗。记得我是在一天割稻子时想到这些的，尽管这个道理太浅显，也是一种错误的理解，我却为此舒畅了一阵子。

同学们手中的书都被我换遍了，再没有书看，父亲就为我借来了大部头的"三国""水浒""西游"等书，都是老版竖排本，繁体字靠自己去猜，只是那该死的文言叫人没法，碰上"有诗为证"之类的诗词更只有跳过去，但我仍读得津津有味。后来，我在邻村一条臭水沟里拾到两本讲秦香莲和梁祝故事的残页，把它晾干再加牛皮纸封面订好，喜不自胜。我至今不知道那两本书叫什么名字，大概是"文革"前的通俗读物，书中的人物、情节甚至包括一些章回的题目我还记得很清楚。

我母亲是一个大字不识的农家妇女，她总希望我不停地做家务，又说读书费灯油。夜阑人静，全家都睡了，她还在纺线，我就赖在那里"借光"。她恼火了，把油灯搁在地上只照她纺车头上的纱砣子，我就伏在地上看。当读到山伯病死那一段时，我不禁发出深深的叹息，尽管我还不懂男女之情的真谛。母亲问我叹什么，我就给她讲起了书中的故事，她听得比听父亲"唱本子"还有兴致，瞌睡也被赶跑了。从此，她很少反对我看书了。

对书的渴望刚刚萌发的季节，是最美好的时光，它给了我许多快乐和神往。我一天天看"三国"，总盼着诸葛亮最后打败曹操；秦香莲撕罗裙闯宫，包公斩了陈世美，我为她大解其气……那时读过的书，至今令我回味不已。但那时毕竟是个文化大饥荒的岁月，我所读到的为数可怜的一点书，严格说来大多是不适合我那个年龄读的，失去的远比我得到的要多。

撰此琐忆，是希望今天众多的少年读者，勿失良机，趁你刚刚爱上书的时机，多读几本适合你们阅读、可供你们将来受用的好书。具体有哪些，我无法赘述，请大家去向老师和家长请教吧。

藏书·读书·用书

读书，尤其是读某些与自己写作兴趣对路的"看家书"，重要的不在于能否记住具体内容，而在于能否从中启发出自己的思索来。

　　经过多年的苦心经营，总算有一方对自己读书写作较为方便的陋居。年年月月，寒星孤灯，不停地做些"雕虫"文章，所得虽很微薄，但一年累计下来，约莫也能顶上大半年的薪水。这笔收入除用于抽烟外，剩余部分几乎都用到购书上了。曾戏曰：羊毛出在羊身上，只当是"文革"那阵子没稿费。

　　最近，我却越来越怕进书店了，倒不是自我满足，离"家藏万卷"还差得远呢；也不是怕花钱，彩电、钢琴之类的高档家庭设施对我来说，可能是二十一世纪的事，亦不觉为憾。只是那三千余册藏书，外加一些期刊和剪报，早已让四架书橱超载，壁柜、木箱也利用了，现在又开始向写字桌底下的空间挤占。进了书店就想买，买回来又愁没地方搁。

　　曾经几次想剔除一部分，可清出几本又不忍舍去。像我这样在业余时光写点杂牌文章的人，没有时间跑图书馆，主要靠自己的书籍作参考资料。有些书眼前似用不着，如果哪天又需要它们呢？对书而言，我是一个"实用主义"读者，多数书是为用而买的。不少书到手后即读过了，但对其内容只留有大概印象。甚至有些在生活和写作上可能要用上的一般性知识，由于是后来"补的课"，也记不大清楚。那几年在部队，机关组织干部拿大学文凭，每临考试，诸如某个历史事件的重要意义有几点的答案，常常背得叫人头脑发胀。因而，当我得知有些前辈学者能够准确地复述他们的少年时代读过的书，写作往往不必借助资料时，不由生出一种自惭的感慨。后来转而一想，并非我们这些人天赋太差，而是我们"背书"的年龄作了那场浩劫的牺牲物。况且，读书，尤其是读某些与自己写作兴趣对路的"看家书"，重要的不在于能否记住具体内容，而在于能否从中启发出自己的思索来。故要认真去读，边读边思，正如清人申涵光言"学而不思则罔"，是也。

　　这般想来，我感到自己还是多置几本好书。所以仍不时去书店走走，只是注意挑选那些更可能用得着的买。在质量较高的前提条件下，一要资料性较强，二是内容较新，没有多少与过去出版物交叉重复的。对现今出版的一些叙事性读物，一般不购，但很注意读。我采取的是"后睹为快"之策，当某著某文轰动之后或大家都称其好时，我才借来阅读，当今文海浩瀚，我以为自己只能如此。

　　我们的生命只有一次，但我们如能正确地运用它，一次足矣。
　　　　　　　　　　　　　　　　　　　　　　——英国谚语

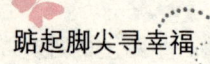

理想·基础·勤奋

可以说世界上唯独作家不能按自己的意愿去搞世袭制,不然,就会出现许多的"文学世家",整个文坛将会被他们世世代代所垄断。

近几年来,我接到各地读者来信不下百封,来信者绝大多数是在校中学生或大专院校的学生。有的让我为其修改习作,有的让我向他推荐作品欣赏,有的就文学的某一具本问题对我进行笔访,等等,而更多的是向我诉说文学爱神过早撩拨给他们带来的苦恼。诸如文化学习和文学爱好之间的矛盾,以及由此引起的与家长、老师之间的矛盾。当我一次又一次接到这类书信时,总要为同学们这种远大抱负所感动。今天,我想就此机会和大家一起作一次促膝谈心吧。

——"我今生的理想就是要成为一名诗人或作家,有人知道后说我狂妄,是痴人说梦,搞得我当着老师和同学的面,连'文学'二字都不敢提了。难道不能有这样的理想吗?"这是内蒙古赤峰市的闻兵同学的提问。首先,我肯定地回答闻兵同学:你有这样的抱负是非常可贵的。人生最大的悲哀,莫过于没有追求,无所作为。人的一生在漫长的时间长河中,不过是一个短暂的瞬间,但每个人都能以自己的光和热划出一道闪亮的轨迹,人类社会这个博大的星空不就显得璀璨伟观了吗?在中国这块古老的土地上,"成名成家"这顶沉重的帽子不知扣杀过多少本来可以成名成家、而尚未成名成家的人。如今，这顶帽子被打烂了，国家改革开放，鼓励创造，每个人都有机会根据自己的理想选择自己在社会上的位置。你大可不必怀疑自己。我也是从少年时代就产生当记者、作家这种向往的，也听到过不少嘲讽。就是因为学习成绩好一点，想当作家，就被批为"白专""臭学究""小资产阶级思想"等，还在班上被"打倒"过。后来，我发现中国人的传统心理比较注重谦和含蓄，就让理想"想"在心里，不去宣露，以免遭到非议。现在，我已发表过二百余首诗和几十万字的其他作品及论文，出版有一部诗集和一部诗论集，进了作家协会，在同学们的心目中，可以算一个"准作家"吧。可我还想做一个有影响的作家，争取成为一个著名作家，但仍然是"想"在心里，以自己的行动去追求。

——"进入高中后，我就迷上了向报刊投稿，结果第一次参加中考失败了。父母在一位教师的点拨下，认定我失败的原因是'爬格子'，把我买的书刊和稿件当面撕个稀巴烂，又给了我一顿棍棒，名曰'触及灵魂''棍棒头下出好人'。我哭了，我错在哪里？"湖北应山县第二中学方圆同学的来信，让我沉思了好久。想必你能理解父母盼你上大学的心情，也早就原谅了他们的错误方式吧。对，你不要放弃自己的追求，考试失败也许是偶然的，原因也许是多方面的。但你也该静思一下，像你那样有时上课也在构思自己的习作，整日痴痴迷迷地盼望着登上文学殿堂，总不能不承认是你学习成绩下降的一个重要原因吧？世界上没有什么职业能比作家更需要广博知识的了，而中学正是打基础的重要时期，你应当各门功课并重，努力掌握各科基本知识，为将来在文学的跑道上起飞而蓄积后推力量。当然，在中国的当代文坛上，曾有过像王蒙、刘绍棠这样的"文学神童"，学生时期就写出了引人注目的作品；近几年，又出现了庞天舒、韩晓征等少年文学新苗。但是，更多的作家还是在他成年之后步入文坛的。当初，即便是这些"神童"，也没有放松基础知识的学习，否则，也不会有今天的王蒙和刘绍棠。你可能要说，不是还有一些几乎没有上过学的工农作家吗？是的，他们没上什么学，但不等于他们没有文化知识。他们所经历的丰富生活，本身就是一种知识基础。后来，听说你吸取了"挨打"的教训，在学好功课的同时，还在同学中组织了文学社，办了小报，既不幻想当"神童",也不固执地做"顽童",不是很好么。

——"我是一个中专学生,近年来向《诗刊》《青春》等报刊投寄了几十篇习作,心情每天都在激荡着,简直到了想入非非的程度。可到最后,都是泥牛入海。我甚至怨恨父母没有传给我文学的基因。痛苦极了!"这是江苏高邮县一位不让透露姓名的同学的诉说。我想,要为这位同学解除点痛苦,还是如前所述,当前最重要的是当好学生,暂不要考虑如何去当作家。许多同学的来信中附了习作,我感到大都缺乏生活的底子,仅仅把单纯的写作欲望当作创作灵感,写了一些不值得写的东西(作为练笔可以)。加上表现手法也很稚嫩,所以远远够不上发表的水准线。至于文学创作是否有"基因遗传"的问题,大概不会有作家承认有的。可以说世界上唯独作家不能按自己的意愿去搞世袭制,不然,就会出现许多的"文学世家",整个文坛将会被他们世世代代所垄断。

"天生我材必有用"。同学们有文学抱负,只要能珍惜今天的时光,奠定坚实的基础,来时再勤奋写作,成功大有可望!哦,我已啰啰嗦嗦地讲了不少了,也不一定对,还是让同学们都来发表自己的见解吧。

明日复明日,明日何其多,我生待明日,万事成蹉跎。

——文嘉《明日歌》

为什么要读名著

一个时代的名著,大都是在一代作家逝后,才由下一代认定它们。这样,读名著大半就是读故人的东西。对大多数读者来说,不必去等,等到论定了,我们也死了。还是自己挑选着看,认为哪些当代作品能感动你、启发你,你就读哪些。

前些年,名著的身份大大跌落,那时我正在主编一家"读书类"的报纸,曾约请有关人士座谈撰文,为名著走出"谷底"而呼吁。近来,又见名著走俏起来,趋购者日众。名著终究是名著。

读书首先当读名著,这是最经济的途径。但在选择时,不要按通常的概念,把名著理解为仅仅指施耐庵、曹雪芹、巴尔扎克、托尔斯泰等优秀小说家的作品。各类著述中,都有出类拔萃的名著。比如唐诗宋词,就是几代王朝中,许多文人共同完成的内容最为宏大的名著,只要你陶醉其中,就是拥有了名著。首要的,是选择自己所学习、研究的某个门类的名著。世界上决不存在某一本所有读书人必修的书,《红楼梦》诞生之前,中国早有了极其辉煌的文化。

一般来说,名著要经过几代人,甚至几个世纪的淘验,才能确定下来。中国现代的名著,也大都经历了半个多世纪,才被评论界认定。其实,每个时代都可能产生名著。当代为什么没有名著呢?历史检验需要一个过程,这固然是重要因素,但人们总怀疑"文人相轻"这种难以消除的劣根性多少还在起作用。尤其是同辈的文人，是很难让他们将某个作家的某部优秀作品与已经成立的名著相提并论。鲜有可望入流的，也往往靠的是上一辈文人的提携。因而，一个时代的名著，大都是在一代作家逝后，才由下一代认定它们。这样，读名著大半就是读故人的东西。对大多数读者来说，不必去等，等到论定了，我们也死了。还是自己挑选着看，认为哪些当代作品能感动你、启发你，你就读哪些。诚然，也不一定用它获过什么奖作为你的选择标准。

总体上讲，名著是有标准的；但这个标准并没有量化（或者说具体化），它只是像一把无形的尺子，存在于无数读者的心中。

不久前，有个英国人试图搞出个认定名著的标准，他提出了六条，颇值得玩味，不妨录来：一是名著的内容能长久地吸引读者，是经久不衰的畅销书；二是名著在表现上面向大众，通俗易懂，而不是面向专家学者和文学沙龙；三是名著永远不会落后于时代，其内容和内涵决不会因为政治风云的变幻而失去它观照时代的价值和意义；四是名著隽永深刻，有时一页上的内容能够多于许多本宏论的思想内容；五是名著能言前人所未有，道古人所未道；六是名著探讨的是人生长期没有解决的问题，在某个领域里有突破性的进展。

这是一个严格的高标准，如果拿它去衡量我们已经确定的名著，可能有些将淘汰。但就这六条来说，有些指标看起来很硬，若实施起来仍可能被化作软指标。世界上最缺乏"可操作性的"就是文学标准。

正因为文学没有固定的、可操作的标准，所以历史上发生的名著险遭厄运的现象屡见不鲜。1856年，福楼拜将他的《包法利夫人》交给一家出版商，不久就被退回，原因是"整部作品被一大堆甚为精彩但过于繁复累赘的细节描写所淹没。"多少给这位大作家留了点情面，还算客气。最糟糕的莫过于美国伟大的诗人惠特曼，他那部被称为"美国诗坛划时代著作"的《草叶集》，曾被出版商退稿，并告诫说："窃以为出版大作当属不甚明智之举。"一八五五年七月四日，当他自费印出把集子送到书店时，却无人问津，备受冷落，搁了一个星期，一本也没有卖掉。第二年增订后出了第二版，仅仅卖出十一本。初版出后，他把书寄了一些给美国文坛的名流，大都置之不理，诗人惠蒂稍翻了下就轻蔑地把它扔进了炉火。有的评论家愤怒地骂道："惠特曼不懂艺术，就像猪猡不懂得数学一样。"最使诗人痛苦的是连他的母亲和弟弟都瞧不起他的书，母亲斥之为"泥巴"。好在大文豪爱默生开始曾对此著给予了高度评价，后来由于某些原因，大文豪又收回了自己的热情。还有，劳伦斯的《查太莱夫人的情人》如果作为名著，其遭际更不用说了。当时他接到的退稿信上这样写着："为了大师的自身利益请勿发表这部小说。"倘若编辑先生们能料到这将是一部轰动世界的著作，也许不是这种态度，尽管他们对作者充满着真诚的爱护之情。

判断文学的优劣决非判断商品那么简单。真正的优秀作品是不怕尘埋土盖的。然而，从另一个角度看，上述名著至少在一部分人的心目中相去甚远。我国在上半个世纪诞生的一部名著，坦率地说，我读了两遍竟没有看出它"划破黑夜"的深刻意义，这自然是因为我鉴赏水平很低的缘故。然而后来竟有人指出，它不过是某些章节的内容适应了我们一贯坚持的政治标准。不妨退一步讲（由读者承担责任）：并非每一部名著都适于任何一位读者。

是不是一定要把主要的名著都烂熟于心才算学成呢？也不见得。还是得讲点自信，善悟者读一两遍当可悟出其精髓，除了你打算一辈子去"吃"某一部名著。《西游记》写了唐僧师徒的九九八十一难，若要悟出个主题来，甚至没有必要把大同小异的"八十一"逐个地琢磨个没完。《红楼梦》的确博大精深，说是中国的国宝，说是包容了二十四史，可谓说不完，道不尽。它的每个字，每个标点都被红学家们嚼烂了，再过多少年，也许它将达到平均每个字养活一个研究者。一代代红学家的艰辛探研，帮助世人不断加深着对这部巨著的认识，但一般读书人，用不着去不停地细啃穷究。此外，读名著最好是先读原著，再去看别人的评论。否则，许多精彩的东西轮到你去品尝时，总有点吃别人嚼过的馍之感觉。比如《红楼梦》里"凤辣子"出场的描写确实高妙，当你知道曾有许多研究者乐道这个细节后再去读它，就失去了那份新奇的感受。

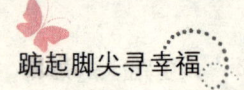

相信自己的艺术感觉

我书橱里有外国的诗近百本,坦率地说,我读它们时,从未有过像读中国新诗时的感觉。在我读来,即使是歌德和惠特曼,也不及我们的徐志摩和艾青。

清人赵翼的《论诗》其二是首名诗,但向来人们偏重后两句"江山代有才人出,各领风骚数百年",亟此极富豪气的诗句去鼓动各自时代的文人学子争领风骚;而对前两句"李杜诗篇万口传,至今已觉不新鲜",仅看作是一种铺垫。也就是说,人们注重的是后面引申出来的论点,对前面的论据用不着多加留意。这是正常的。细细体味,开首两句从引导欣赏这个意义上看,对我们的读书生活倒有一点启迪。

"李杜文章在,光焰万丈长"。赵老先生只说它们不够新鲜,并没有否定其在文学史上的高大尊位。从总体上讲,真正优秀的文学作品,其欣赏价值是一种客观存在,能赢得万人称颂。但轮到每个读者头上,就不见得都能与"万口"保持一致了,这里面包括读者的欣赏水平和接受心理方面诸多因素。赵翼不愿老去品赏经过了万口传诵的作品,便是其中一种心理。他的话从另一个侧面再次强调了一条不变的道理:书要靠自己去读,欣赏只有靠自我完成。

造文作诗,古今托他人捉刀代笔者不乏其人,唯有欣赏艺术之事,是绝不可依赖他人替代的。既然是"自我欣赏",各自间必有差异。而作为

第四辑 人生路上的烛光

读者，如何看待自己与他人之差异呢？这里就有一个该不相信自己的问题。唐诗宋词，是中国文学史上的奇峰巨岳，历代读书人无一不去领略。但对具体作者、具体篇章，读者却各自有别。说到唐诗，很多人会首先想到李白、杜甫、白居易，这实际上是一种文学地位高低次序的显示。但在具体的欣赏活动中，每个读者的天平上未必都是这样排列的。且不说历史上扬李抑杜或杜扬李抑的反反复复，就是现在也不一定都认为李在杜先。毛泽东多少次地引用李贺的诗，甚至干脆把他的句子用进自己的诗中，如"一唱雄鸡天下白"等，可见他对李贺诗的喜爱非同一般。李贺的诗有些艰涩，相对前面说到的几位，喜读的人要少些。而毛泽东精通文史，其艰涩不在话下。拿笔者本人来说，虽发表过研究杜甫诗歌的专题论文，但更欣赏李白的豪放飘逸，其次陶醉杜牧等人的悠远画意。读他们的诗时所唤起的美感，是与读其他古人的诗所不能比拟的。他们的诗语言都明朗流畅，很少引故据典，但意境奇伟，无须借助他人的解析便可完成欣赏过程。当然，这决不等于欣赏层次低下。因此，我没有怀疑过自己的艺术感觉。

还说读诗。我书橱里有外国的诗近百本，坦率地说，我读它们时，从未有过像读中国新诗时的感觉。在我读来，即使是歌德和惠特曼，也不及我们的徐志摩和艾青。我曾说过，读者对诗的欣赏过程，往往是与诗的语言信号输入大脑的过程同步的。离开了语言艺术，就不存在诗歌的艺术，而每一种语言都有独特的构建规律。因而，再成功的译诗也是失败的。即便是经过诗译界的高手引进的世界名篇，我也只是为读而读。国外有的好诗译成中文，也像政治口号或说教文字。我不懂几句外语，却相信像"长风破浪会有时，直挂云帆济沧海"这样的好诗句，翻译给人家也可能只剩下豪壮成分。所以，除了熟悉中文的外国人，还未听说他们哪一个如何推崇中国的古诗。如有，怕也是在符合我们。这样讲，并非否定"优秀的文学是全人类的共同财富"。其他类的作品恐怕翻译中的阻耗要少得多，理性的东西就更好办一些。为了了解，我才去读歌德的诗，而《歌德谈话录》却读起来不肯释手，一读再读。在欣赏的问题上，我仍然相信自己的判断力。

踮起脚尖寻幸福

与少年朋友谈诗

想象力是可以培养的,就是要锻炼自己的眼睛,多积累生活,增强诗的敏感,善于运用诗的思维,才能够自如地用另一种事物的形象来准确地表述你所要反映的事物形象。

　　每年我都要收到数十封在校学生的来信,许多同学附了习作,并提出不少关于诗的问题。因我每日忙碌不堪,加上如"怎样写好诗"这么大的提问也不是几句话可以讲得清楚的,故未一一作复。今天,我想借《少年世界》这间课堂,就同学们习作中的一些问题,和大家漫谈一次。

　　来信的同学大都是立志学诗的,诗神的魅力使我惊叹。同学们以大量习作,把我诱入了一个纯真、灿烂的世界,这是充满活力的诗的世界。我看见一股股鲜活的情思,正从创造的源头突突地奔涌出来。这个世界蕴藏着丰富的诗的矿藏,蕴藏着诗的希望,诗的未来。他们中,定会有人将出现在未来诗人的行列。然而,我们也应看到,大家才刚刚接触诗,认识诗,对诗歌创作的基本规律还了解甚少。因而,大多数习作离诗的基本要求还相差很远,更难以考虑发表了。但这是正常现象,每个诗人都经历过这种阶段。入门有个过程。那么,诗的基本要求究竟有哪些呢?下面,我根据同学们的提问,主要谈三点。

　　首先谈谈立意。讲求立意,是中国历代诗文的一大共同特点。几千年来,文人们做诗为文,都强调赋予作品一定的思想意义,这说是立意。有同学问，为什么老师在讲立意时，总说与政治相关？我想，可能是老师对你们的要求太高，或者说表达得不够准确。写诗是否要考虑政治，这是文艺界争论了许多年的问题。同学们目前大可不必去探究它。如果一定要问个明白，我只能简单表明我的观点：任何文艺作品都带有作者的思想倾向，这种倾向可以直接或间接地被用来为某种政治服务。而它作为一种要求，只能是对文艺的整体而言，不应落实到每篇具体作品的创作中。同学们习诗，只要表达的是健康的情绪，都应当赞许。

同学们目前所熟悉的，大多是校园生活，如同学间的友情，老师的形象，女生的眼泪，清晨跑步的感想，等等。这些生活也可以写出新意来，但大家目前还缺乏开掘的功力。有些诗，同学们自以为"很有感情"，冲动过自己的情绪，却是别人早以感受过的东西。一首题为《啊，友谊》的诗中写道："你是黑夜里的明灯／你是呼唤灿烂朝霞的金鸡／你是惊喜时姑娘嘴边的笑靥／你是人世间最珍贵的情意……"一口气写了上百行，语言上有的还接近诗，问题是这些诗句都很平，没能表现出较深的意境。作者说，把友谊比作"黑夜里的明灯"这句，他很满意。应当承认，这对他来说，是一个创造，因为他读的少，不知道别人早已这样写过。

有位同学寄来一首《我爱这和平的大地》，一共八行："我爱这和平的大地／炊烟在微微飘动／秧苗在茁壮成长／牛儿在贪婪地吃草／小伙儿在纵情歌唱／一片绿色的大地上／东边升起了煦暖的太阳／啊！我爱这和平的大地。"可以想象到，他曾为这片田园景象动过情，很想绘出一幅田园风景画，他也写了一些象征和平大地的景物，但都是一些平铺直叙，什么都写进去，什么也没有写出诗意来。几乎是同样的画面，天门县卢市高中的张志同学却提炼出了较新的主题。他的《窗外》全诗如下："一头牛／一张犁／一个人／耕了几千年／一顶草帽／两只赤脚／几掬汗水／洒了几千年／许多片土地／许多勤劳人／许多相似形／重复了几千年／窗外／一幅画／挂了几千年。"几千年来，中国农村的历史变化太慢，作者正是通过对这些平常景物的描写，去引导读者进行反思的，从而赋予了作品一定的思想意义。

第二个问题，谈谈诗的形象创造。形象是诗表现形式的总和，也就是说，诗人是通过形象来表现自己思想感情的。没有形象，也就无诗可言。

诗人所要具备的最重要的功力,就是描绘形象的功力。从大量的习作来看,不少同学具有形象思维的训练基础,但目前还缺乏捕捉形象的主体意识,有首习作把"老师一张嘴"比作六月的云,"洒下滋润 xy 的甘霖",接着又说成是五彩的笔,"画出缤纷的星星",进而又说它像口针,"有时精挑细绣,有时一针见血毫不留情。"这位同学所运用的三种比喻——云、笔、针,都和嘴没有什么内在联系,形象上毫无相似之处,所以不能让人想到老师的嘴,后面的讴歌性语言也就不能成立。有位同学在一首《老师窗口的灯》中,说灯"点燃春早的第一缕霞",语言上不够顺畅,比喻却较恰当,灯火是红色,朝霞也是红色,说霞是灯点燃的,当然可以。但他紧接着来了句"架起一座通向未来的桥",灯怎么架桥呢?他大概指的是彩虹,显得很牵强,难以使人联想上去。

  诗是作者的感觉,不要像写记叙文那样,去照直描写它的固有形态,那样不含蓄。一个人很健壮,很敦实,如果你觉得他像一座矮塔,你就可以照这种感觉去写,这是打个简单的比方。说到这儿,不妨再举个较为成功的例子,是温州市中学生李素素的一首诗《奶奶的吻》,他写道:"奶奶把一个吻/贴在我的唇边/就像把一枚邮票/贴在淡绿色的信封上/我想/信封里装着什么呢/装的是奶奶的希望"。由于作者较好地把握了一个诗的感觉,所以嘴唇印子变成了邮票,进而想到一封信,很自然地又把奶奶的希望装进这封信里了,使无形的思想有了寄寓。全诗是由"吻"展开的想象,始终没有脱离它,并且想象得比较新奇。

  如何创造诗的形象?说白了,一个常见的手法是运用比喻。能不能寻到贴近新颖的比喻,是检验一个诗作者想象力强弱的重要标准。想象力是可以培养的,就是要锻炼自己的眼睛,多积累生活,增强诗的敏感,善于运用诗的思维,才能够自如地用另一种事物的形象来准确地表述你所要反映的事物形象。

  第三个问题,说说诗的语言。诗是语言的艺术,没有哪种文学体裁,会比诗歌更讲究语言艺术。诗对语言的基本要求是:简练,生动,形象,高度浓缩。所以,古今诗人无不在语言上精雕细刻,费尽心思。有些同学由于经过了比较严格的语言训练,又掌握了诗歌创作的基本要求,所以他们能够写出很有希望的诗篇。比如,广西岑溪县有位叫肖永瑞的同学,就用纯朴的语言写过一首动人的诗,题目是《山那边有个故事》:"山那边有个故事/很长,很长……/自从那坟茔垒起/风儿就开始诉说/说了三百六十五个白天/三百六十五个黑夜/说不清墓里那副眼镜有多深/教鞭有多长/说不清那身上粉笔气味的浓度/说不清那双眼睛熬过的夜晚/说不清他留给人间的温情……"就这么几行诗,却充满了无限的情感,作者说清了那"说不清"的怀念思绪。这就是诗歌语言容量丰富的结果。

然而,更多的同学由于驾驭语言的能力本来就不很强,加上没有寻到诗的意境,没有构思出诗的形象,所以在写诗时显得吃力。有的写起来漫无边际,一提笔就是几十上百行,乍看像首诗,仔细读起来,不知他要写什么。有的同学情思涌动,想用诗把它抒发出来,但没有自己的语言可用来表达。比如,一位同学写了首《灵魂》,其中有这么一段:"这是一个普通的灵魂/负载着不平凡的憧憬/凭借刚刚燃烧的炎焰/要使五岳俯首,五洲浪静!"他的抱负很大,大概是想做一个拔山盖世的英雄和伟人,但他只是把几句豪言壮语生硬地拼在一起,没有准确地表达自己的志向,可能还会使别人误解他"狂妄"。另一位同学写了首《心愿》,想反映出他准备到社会上去经受生活磨炼的心情。因为他对人生道路上的艰辛缺乏感受,也无法想象,只好写了一串"任狂风猛割面颊,任雪水狠咬足尖"之类的句子,显得很生硬。

今天,我想主要帮同学们找找问题,所以很少提到大家的成绩。总的说来,同学们的习作中尽管存在这样那样的问题,但不少同学还是很有学诗基础的。我曾多次对人讲过,这一代中学生不简单,他们逢上了好时代,也有好条件,将来他们在诗歌创作上,以及在整个文学创作上,将大大超过我们这一代人。兴趣就是最好的老师,只要大家不气馁,多看多练,是一定能够成功的。

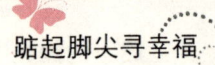

一个书名的效应

我虽然不是一位弄潮者,但却为古人描绘的"弄潮儿向涛头立,手把红旗旗不湿"那种壮观的景象所惊叹。那时,我还没有见过大海,只是从电视里看到钱塘江涨潮的镜头,因为想象,才使我成了一位伫立文海之岸的观潮者。

　　五年前,在几位朋友的鼓动下,我动意把自己在八十年代后期发表在各地报刊上的一些关于文艺和写作的随笔,汇集成一本集子。其中,专谈诗的文章有近四十篇,另外五十余篇文章的内容就比较繁杂,说小说,说出版,说读书,说影视,说新闻,甚至还有些篇目是谈文学修辞和语言文字改革问题的,"没有特点"。这样一本道地的"杂著",该不该抛出去呢?犹豫的结果是:管它呢,让其任人评说吧。

　　随后,我揣着一摞剪报找到武汉出版社的一位领导,三天后他给我的答复是:值得出,管理费(即后来剥去了外饰的书号费)和编审校对费全免。出版社的热情支持,加快了这本集子问世的进程,我得尽快为它定一个书名。因为其特点是杂,书名着实不大好取。叫个《××集》,显得老套;像有的学者那样把自己的著作取名为《乱七八糟集》,总有点不忍,敝帚毕竟自珍。思来量去,只好从所收文章的内容上去寻找共同点。可以说,它们虽然繁杂,但全部内容是谈文艺;虽然短小,但大多谈的是当时文艺界和写作领域的一些热门话题,如诗坛为什么由繁荣走向冷清,"样板戏"选段该不该唱,等等。并且,其中很多观点和预见已经得到证实。

我想，只有取一个覆盖率较大的书名，才能涵括它的内容。于是，我想象中的文场变成一片浩瀚的海洋，波涛起伏，千帆竞发。我虽然不是一位弄潮者，但却为古人描绘的"弄潮儿向涛头立，手把红旗旗不湿"那种壮观的景象所惊叹。那时，我还没有见过大海，只是从电视里看到钱塘江涨潮的镜头，因为想象，才使我成了一位伫立文海之岸的观潮者。这样，我将这本集子定名为《文海观潮》。

该书的责任编辑刘国刚先生对这个书名颇为赞赏，后来经过终审也无异议，可谓"一次通过"。

此书出版后所产生的效果出乎我的意料，各地书店预订了1800余册，这在当时也是一个很难得的数字，也许是这个书名从中多少起了点作用。新华书店湖北发行所出于一种鼓励的心情，又在原有订数的基础上分两次追加了2000册。后来，我从他们给我看的电脑数据上发现，香港的书店也预订了《文海观潮》200册。这本集子与读者见面之后，《新闻出版报》《书讯报》《写作》《石家庄日报》《文化周报》《武汉晚报》等报刊，相继发表了一些评介文章。还有一些报刊和选本转摘了该书中的文章，已知的有《杂文报》《中国随笔小品鉴赏大辞典》等。直到近年，我还收到江苏、安徽、新疆、四川等地一些素不相识的青年读者的辗转来信，希望帮他们代购《文海观潮》。当然，众多报刊和读者对这本书所产生的些许热情，已远非书名的作用了，但这些评介对书名的扩散却起了作用。

按眼下时髦的话说，书名某种程度上只是一种"包装"。或许《文海观潮》对某些报纸"包装"副刊有所借鉴，或许是不谋而合，以致近几年在各地报刊上形成了一股不大不小的"观潮热"。仅根据我这几年所浏览的为数不多的报刊的情况来看，大多数报纸上都有《文海观潮》或类似的栏名。南方一家在全国较有影响的报纸，于1991年在其副刊用了《文海观潮》作栏名。随后又发现，原样借用此名还有上海的《新闻与实践》、武汉的《长江日报》等报刊。近年报纸上的"海"和"潮"日见其多，不过大多作了个别字的变通，如武汉某报的经济专版名为《商海观潮》，《人民政协报》副刊上设有《艺海观潮》栏目，还有的报纸副刊栏目叫做《文化观潮》等。看来此"热"还未降温，如《中华工商时报》在今年栏目调整的预告中说,他们将增设《赶海观潮》的新栏目。《经济日报》等报纸上则出现了《冷眼观潮》《观潮人语》《观潮闲话》等新设栏目。在几家直接借用《文海观潮》作栏名的报纸中,只有武汉晚报《白云阁》文学版的主持人袁毅先生,事前特意来电话征询过我的意见。我想这完全用不着客气,有人能记得我出过这么本薄集,对我已是一种告慰了。

> 当我活着,我要做生命的主宰,而不做它的奴隶。
> ——惠特曼

光脑门的学者

学生说他一边上课,一边拍着自己光亮的脑门,有时候讲着讲着突然停下来,估计是某个灵感飘然而至了。

　　要写邹建军,我开始感到比较容易,因为我们在二十多年前就相识了,可一旦动笔写起来,却不是那么简单。我认为他的性格没有什么特点,可能就是他的特点。在我的印象里,他说话声音不高,只要细加分辨,就能发现其尾音中带着"川味",并且面部总是显示着微微笑容,使人感到极好接近。

　　这个在湖北颇具声望的文学教授,其创作与研究活动一直与诗歌紧密联系在一起。我们最初的交道也是因为诗歌,那时我在主编一份书刊资讯类的周报,某个下午他走进了我们有些拥塞和零乱的编辑部,忘记了是哪位同事将我从里间喊出来见他,说他是中南民族学院的老师,也写诗,刚刚与人合编了一部《中国诗歌大辞典》。在那个全国青年拥挤"文学独木桥"的年代,有这么一部辞典问世,其效应可想而知。诗评家李元洛当年称其"是一部好书。"建军告诉我,辞典很可能再版,他们要尽量将初版中遗漏的一些诗人增补进去,包括我,并且还要将我当时颇受欢迎的《诗廊漫步》也作为一个词条列上,这大概是他那次前来造访的一个重要目的。尽管他们的辞典后来未能再版,可我记住了我们的那次会面,而且还记得他与我对桌而谈的神态,说话不紧不慢,不卑不亢,没有多少热度,但足可信赖。

那年我三十出头，总以为自己年轻，没想到建军比我还小八岁。他肤色略黑，显得老成持重，三十几岁时曾经被别人看成五旬老者。他说这些，可能会有人认为他是在拿自己寻开心，但我不怀疑，因为我从二十五岁开始当"老杨"，也曾有过类似遭际。我们还有共同之处：生长在乡村，农民的后代，先辈都不曾写过诗，父亲都不那么理解儿子，可他说"诗歌是最好的庄稼。"作为农民的儿子，建军一直生活在巴蜀的土地上，又在那里的省会读完大学，至于后来他怎么到了湖北，怎样在这儿安身立命，我从来没问过他。这在他个人的命运转折中很重要，但对朋友并不重要，尽管我对他的个人经历怀有一种感佩。

几十年中，我们交往的机会并不多，我听说他的副教授和教授职称都是破格晋升的，早年我还见过北方的《名人》杂志介绍过他。

邹建军的文学研究主要集中在诗歌批评方面，注重对当代诗人诗作的批评，并且视野十分开阔，包括台港乃至海外的许多华人诗人，都曾受到过他的关注和研究。早年，他对台港诗人所做的某些评介性研究，曾被相关专家称为"难度极大"的项目。他的这方面的研究成果，主要收录在《现代诗的意象结构创作篇》与《新世纪新诗佳作选评》两部论集中。在诗歌批评理论上，建军提出"学院诗歌批评"的主张，具体细分出情真、意藏、像美、言凝的八字标准；在批评方法上，他提出了文学地理学批评，并归纳出一套术语与概念，产生过广泛的影响。《现代诗的意象结构本体篇》《现代诗学》两部论著，是他这方面的代表性成果。近些年，建军在比较文学研究上着力不少，积极探索这一学科的建设理论和发展策略，他还着重从文学伦理学角度研究英语诗歌与美国小说，取得令人瞩目的成就。同时，邹建军还大力倡导诗歌批评的独立精神，强调批评就是追求诗艺真理，体现了一个严肃学者的学术品格。

有些读者可能只知道邹建军是个教授，是个学者，而不知道他也是一个保持着浪漫情怀的诗人。好些年来，他一直在坚持诗歌写作，尤其是致力于汉语十四行诗的创作实验，出版有《时光的年轮》《邹惟山十四行抒情诗集》《汉语十四行实验诗集》，在国内具有领先水平。

建军治学和创作都非常勤勉，他的那副大脑似乎没有停止过思索。学

第四辑　人生路上的烛光

生说他一边上课，一边拍着自己光亮的脑门，有时候讲着讲着突然停下来，估计是某个灵感飘然而至了。他还有个习惯，讲课时自带录音笔，他说要把自己演讲中随机闪现出来的东西录下来。对此，我依然认为不足为怪，因为学问是从思考中得来的。

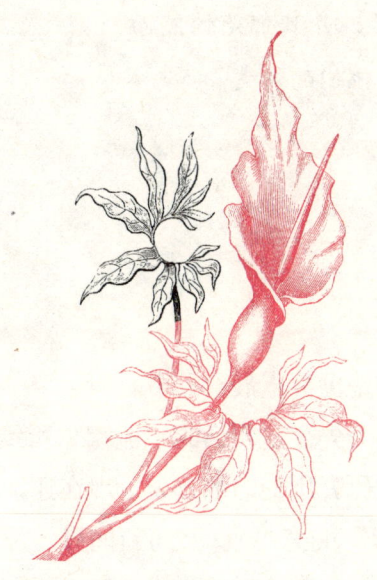

生活只有在平淡无奇的人看来才是空虚而平淡无奇的。
——车尔尼雪夫斯基

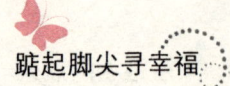

无怨无悔

环目四顾,周围确有变化,原来一些醉心于文学的朋友早已洗手不干了。当初,他们怀着极大的热情前来拥抱文学,却一个个又毫无眷恋地离去了,并且都是悄然而去,几乎没有人注意到他们的消失。

鲁迅曾说过,写作是世界上最苦的事。

也许是眼下写作界为先生这句话的"流毒"所致,好些人越来越不屑于这份苦差事了。有位研究历史的朋友说,现在还谈什么做学问,有点不清白(武汉话"不清醒"的意思)。又与新闻界一位老友聊及某人近些年勤奋自勉,连续推出了两部有分量的学术专著,不料他对此毫无兴趣,反问我说"他推出二十部又怎样呢?"我突然感到一种悲哀。环目四顾,周围确有变化,原来一些醉心于文学的朋友早已洗手不干了。当初,他们怀着极大的热情前来拥抱文学,却一个个又毫无眷恋地离去了,并且都是悄然而去,几乎没有人注意到他们的消失。

——文学并非什么名利场。在漫长的中国古代社会,无数青年痴迷的是中考取仕。进入二十世纪之后,科举之路被历史封死,一代代青年中痴迷文学的愈来愈多,对他们来说,似乎没有什么能比文学更具诱惑力。一拨又一拨的人熙来攘往,凭实力赢得社会共知的佼佼者,只有极少数;凭某种文化机遇取得成功的,也只有极少数。既欠缺实力又没有机遇,而企图通过旁门左道成名的人倒不少,但那无异于自欺欺人,也终究会被人耻笑。自古华山一条路，文学的道途亦然。

——文学更不是饭碗。靠文学不能养家糊口，更不能发财。现在，有人扔下铁饭碗去当"写作专业户"，但他们大多不是靠写作营生，而是靠搞些什么"策划"之类的活计大赚其钱。作为一个业余作者，我从来没有专业作家在人生选择上的称心如意和时间上的宽松，也没有他们的那份压力。在军区机关工作时，有关领导曾有过让我去当专业创作员的考虑，并且找我征询过意见，但我什么都写，就是不写小说，而搞专业的几乎全是小说作家，我不得不谢绝领导的好意。几十年来孤星寒灯，自己不知付出了几多艰辛。可是，我和许多文学爱好者一样，尽管对文学一往情深，但它却没有给我带来一平方米的居室，没有使我增加一分钱的工资，也未能使我得到一个什么专业职称。相反，它给我带来的只有多少年无休无止的追求与渴望，只有年复一年的辛勤思索与笔耕，只有颈椎与腰椎等处不应有的不适感，只有提前十年荣获"老杨"或"老任"称呼的资格，只有愈积愈多的书籍资料给狭窄居室造成的凌乱和局促。好多次，这份追求也发生过动摇，但马上想到自己生来只有这份爱好，更没有想过要去经商发财玩潇洒，还是老老实实做点自己愿做的事吧。这么一反复，反倒使自己增添了对文学的那份痴情。有人说文学是又苦又累不讨好的事，说文学是最没有本事的人才做的事，任你怎么说，我就是要死抱着这份差事不放。

对缪斯的任何一个虔诚信徒来说，痛苦和愉悦总是相伴而来的。文学给了我丰厚的精神报偿。和我处在同一个生活圈的人们，对我的创作活动没有直接的关联，但我以文学赢得了他们的尊重、爱护和支持。在文学领域，许多同仁对我的创作给予了由衷的首肯，许多读者对我的作品给予了热情的关注。这些年来，省内外数十家报刊电台电视台上百次地对我的创作情况和我的作品予以专题评介，其中包括人物纪实、专访、长篇专论、述评、书评等多种文体和节目形式。辛勤为我撰写这些文章的，有德高望重的文学前辈，有学养深厚的学者教授，有成就颇丰的作家诗人，也有初露锋芒的文学青年，其中有些人本与我素不相识，甚至到今天也未能谋得一见。

我不过是一个"清水衙门"的机关干部，没有丝毫可供"寻租"的

踮起脚尖寻幸福

权力；在文学界也只是一个纯得不能再纯的业余作者，没有一个字的发稿权。文坛老少友人给我的肯定和鼓励，完全出自对文学的一种责任，完全出自对一个作家的关爱，是不带任何附加动机的。对一个作家来说，再没有什么比这更能值得珍视的了，再没有什么比这更能鞭策自己的了。因此，对这一份份真情，我视为自己最宝贵的收获，并从中得到极大的慰籍。说实在的，有了这些鼓励，我不在乎自己能否得到什么，更鄙薄那种靠钻营获得的"荣誉"和利益。

当然，我讲到这些并非是自满、更不是自我炫耀。因为我明白，文学的"终点"不是谁都可以到达的，在文学的跋涉中，更多的人终归是名利两空，自己充其量不过是利用业余时间做些"小文章"，因此，我提醒自己，既要一步一个脚印地坚持走下去，以实绩报答众人的关爱，又要实事求是地估量自己。只有这样，才能保持不骄不躁，平静进取的心态去默默地耕耘。

所以，无论是回望过去还是前瞻未来，我都无怨无悔。

我们的骄傲多半是基于我们的无知。

——莱辛

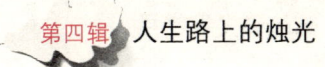

需要苦读精神

这种平常读书人对书的感觉，伟大的文豪竟也有过，使我得以自慰。然而，先生在感到很苦痛，很可怜时，仍然在辛勤地读着，这是我辈所不及的。

　　书籍是人类最伟大最浩瀚的精神宝库，世界上没有什么东西比书籍更能对人类社会的发展产生深远影响。以我们中国为例，一部《诗经》让世世代代的人读了几千年，一部《论语》被历代统治者用来统治人民长达二十个世纪，一部《周易》，人们读了几千年还没有读懂，今天有些人还可以用它去行骗，并且可以让一大批一大批的人纷纷上当。

　　因而，古往今来不知有多少人赞美过书籍，描绘过读书的快感，似乎比洞房花烛夜还要美妙，比老友久别重逢时的第一杯醇酒还要醉人，比久闭的牢囚见到的第一缕阳光还要明媚。我从不怀疑书籍曾给许多人以种种惬意的感觉，也不否认好书也曾给自己带来过不少美好的享受。但是，我坚持认为，读书也要在心情好的时候进行，并不是像有的读书人所说的那样，无论在什么情况下，好书都能对你起到神奇的作用。

　　《红楼梦》我只读过两遍，并且大部分情节是前读后忘。前年，为了撰写一篇研究"红楼梦诗词"的文章，很想把这部名著再细读一遍。不知怎的，每次捧起它，只觉得写的是那群无聊的寄生虫如何醉生梦死，如何勾心斗角，那些可怜的丫环佣人如何被作践，她们的心灵如何被扭曲，等等，读起来比干什么都累。我突然想到，如果是一个穷困潦倒的饥汉，硬

让他来读《红楼梦》，让他从书中贵族人物挥金如土的高消费生活中去领悟什么宏大的主题，怕是无论怎样也读不下去的。我等好坏不算是饿着肚子读书。

作为中国最优秀的名著，且是叙事文学的《红楼梦》，有时读来尚且如此，那些理论书籍读起来的滋味就更难肯定了。笔者搞点文艺理论，时常叮嘱自己不忘吸收一些新营养。可是，尽管文学理论家们一个个才气横溢，好些理论文章也写得文采飞扬，但有时读来还是没有多大兴致，甚至感到文学理论好坏都于创作无大碍。中国在现代以前，只有高高一摞诗歌理论，小说理论几乎是空白，但自元代开始，一大批不朽的叙事文学作品轰轰烈烈地诞生了，包括刚刚说到的《红楼梦》。现在的文学理论书刊多得要用火车拖，却未必能够再出《红楼梦》。至于其他社科理论的东西，往往读起来感到更为单调枯燥，有些不但套话连篇，而且充满着谎言。也只有在这种时候，你才能真正领悟那句名言：理论是灰色的。即使是一些较为成功的理论探索成果，真正将其与复杂纷繁的现实生活对照起来，仍觉相去甚远。每次遇到这样的心境，就提醒自己说，不妨去看点历史，看中国历史，但一部长达五千年的社会发展史，读着读着，又难免感到太沉重。

面对不多也不算太少的满屋子书，竟不知挑什么出来读，索性去翻翻堆积了许久的一摞"周末版"之类的报刊，常常是这样捱过了不想读书的日子。每到此时，我就想起鲁迅那段话："一说起读书，就觉得是高尚的事情，其实这样的读书，和木匠的磨斧头、裁缝的理针线并没有什么分别，并不见得高尚，有时还很苦痛，很可怜。"这种平常读书人对书的感觉，伟大的文豪竟也有过，使我得以自慰。然而，先生在感到很苦痛，很可怜时，仍然在辛勤地读着，这是我辈所不及的。看来，还得学习先生的那种苦读精神。

日常语言中的"任意代词"

生活语言的运用者虽然不必那么讲究修辞艺术,但他们却是语言的创造者,将粗糙的语言赋予了生活的情趣,特别是"任意代词"的普遍运用,使日常语言显得更为朴实而生动。

语言中的名词、动词、形容词、数量词,都有其可以替代的词汇,语言专家早已研究透了。这里我想说的"任意代词",是指日常语言中那些极其通俗、用途很广,又看似随意的替代性词语,尤其是某些方言土话被赋予替代功能,其含义更能让人回味。

在我们湖北,有个"霍"字在市井生活中运用得相当普遍:"霍他的人!"是说要揍他;"几口就霍了一碗,"形容吃饭速度快;"他们都霍上来了!"形容某种阵势与动态;"一座楼房几下就霍起来了,"是指干活效率高。"霍"字近似"搞",但又有别于"搞",并且带有一种气势,因而很多劳动阶层的人乐于使用。找不出准确的动词时,就用"霍",有时撇开正规的语言不用而偏要用"霍",因为在它流行的区域内,它比某些规范的字眼更贴切,更能传神。还如,形容某人食量大,不说他能吃而说他"能嗨",这同样是一种"有意借代",是为了增强语言效果。

我们这里很多地方还流行一个"噪"字,要想找出与它准确对应的词比较难,可它也能替代多种涵义。如"你噪什么噪!"意思是你凶什么,你别凶,你别狠,但又不完全与之等同;又如"只有老张能噪住他,"这里的"噪",是指老张具有一种权威、能力或声势能够将对方驾驭,或压倒对方；还如"把他噪死，"意思是平时要将对方牢牢卡住。"噪"字，有点像南方非卷舌音读出的"罩"，但其意又大有区别，只有本地人能够听懂。

我们老家一带，某人与对方谈得不投机，就可能冒出一句："你别给我尼格浪！"这个"尼格浪"纯粹是方言，没有谁考证过它的来历，我想它或许来自某个戏剧的唱词或细节。当地人用它时，甚至发音都不一致，更没人知道这三个字怎么写，但并没有影响它在日常对话中的作用。"尼格浪"是对对方不满的表示，含有糊弄、装聋作哑、答非所问等多方面的含义，同时也表示自己清醒，善于识破别人。并且，类似代词都具有两方面的功能，由说话的环境、时机、语气和表情决定它们的含义，听话者对其解意也不会发生误差。如果向对方表示某种好感，有时也使用"尼格浪"，对方听起来反倒感觉出一种温暖和亲热，这时它又演变成一句"亲近的骂语"。

无论南方还是北方，生活语言中使用最多的代词是"那个"，它常常被当作语言交流中的"赖子"，搜寻不到适当词汇时，就用"那个"来替代。比如"你见到他，尽量那个一些，"这里指的是待人态度，或者是冷淡轻慢，或者不卑不亢，或者是主动大方，等等，被点拨者心领神会，自会准确地选取其一。很多情况下它也被用来表达不满，以它替代对方行为的失当、言辞的过分或态度的不妥等等。有时还被用来替代某些不便于明说或难以启齿的言语，比如"他和她那个了"。因为"那个"属于汉语中的通用词汇，所以被借用的频率很高。

有时需作含蓄表达，也离不开替代词汇。不知从何时起，女性称例假为"大姨妈"，例假本来就是一个代称，换上"大姨妈"或许更生活化一些。这个代称可能来自某个故事，其实称其为小姨妈或大姑妈、大奶妈、二姑奶、姑奶奶，别人也都能领会。这一点，更能证明生活语言中这类代词的"任意"性质。还有更简捷的，"她有了么？"这里的"有"，可以看成故意省略，也可以将其理解为一种代词，用来代替"有喜"或"有孕"，这是日常语言在某种情况下的回避。

"任意代词"在生活语言中大量出现，是由大众层面日常语言交流的

 第四辑 人生路上的烛光

实用性、简便性、通俗性、生动性和某种程度的粗鄙化决定的。生活语言的运用者虽然不必那么讲究修辞艺术,但他们却是语言的创造者,将粗糙的语言赋予了生活的情趣,特别是"任意代词"的普遍运用,使日常语言显得更为朴实而生动。当然,无论多么巧妙的任意代词,都必须以规范语言作前提,必须用规范语言先做铺垫。

人为某事而诞生,并不是为无所事事而诞生。

——武者小路实笃

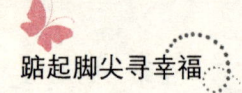

散文在呼唤诗意

尤其是最后他受时代因素的限制,不得不谢绝那位姑娘的热情追求,让伞影消失在雨夜的情景,让你通过他诗一般的语言和他一起进入惆怅的心境,让那黑色的伞影也在你眼前晃动起来,怎么也挥之不去。

散文界在经过了新时期以来二十多年的蜕变与发展之后,如今已变得相当繁茂,成了文学天地最为壮观的一片领域。并且,杂文和报告文学已先后从散文中游离出来,只有随笔还与散文保持着若即若离、难以割舍的状态。因而,散文显得更加单纯,更像"美文"了。

散文作为一种文体,已经回归到它原本文学意义上的定位,而最自由、最广阔、最多样的文学天性,决定了散文创作主体的广泛性。纯粹的散文家愈来愈少,倒是许多小说家和诗人,甚至一些杂文家和评论家,随时都可能光顾散文领域,还有成千上万的文学爱好者,也都是散文创作的活跃力量。无疑,这种局面有利于散文的进一步繁荣。

然而,在读者随手可触的散文世界里,在色彩缤纷、令人眼花缭乱的这片文学视野中,一个散文作者如何才能稳扎于散文的土壤,成为散文之林中不败的一枝,委实不是一个容易的追求。

夜读陈本豪的散文集,我忽然想到做散文的不易。

散文是一切写作之母。散文里蕴含着其他文学体裁所应具备的美学特质,但它是一种大众化的写作方式。庞大的写作大军步入文坛之后,几乎人人都写过散文,是因为它最好写;一篇千余字的散文,要想达到一定的文学水准,需要相当的创作功力,所以又有人说它最难写。

第四辑 人生路上的烛光

本豪中年开步,具体地说,他是在年近五旬时才当起文学"发烧友"的,可他选择的领域却是散文。翻阅报纸、期刊,他的作品会接踵而来,有小说,有诗歌,但最多的还是散文。他自称散文是他的"至爱",对散文情有独钟。他出的第一部集子是散文,书名就叫《沃野》,看来他是决意要在散文这块沃土上耕耘下去。

也许有人认为,本豪是由于散文好写才来的,而他的作品却告诉我们,正是因为散文难写他才来的。

"咚—咚—……"一阵街一阵的钟声悠悠地从西山那边传来,声浪里既没有抑扬顿挫的起伏,也没有令人亢奋的激情。它从容地由远方而来,又慢慢地在远方里逝去;它低沉、深远,透人心腑而撼人灵魂;它似乎传递出一种令人难以抗拒的吸引与麻痹,浑厚的音色逐渐升华,至达天籁之美,使整个宁静的寺庙山色,弥漫着一种神奇的若有若无的氛围(《走近佛光》)。

本豪是真正走近佛光了,他那敏锐的文学触角,很快为他反馈了这种高度诗化的感应。作家是想以这样充满灵性的文字,让读者和他一起去感悟神佛的境界,而我却从中领略到了美妙诱人的散文美学意境。

这样的文字告诉我们,一个新的散文作家正在向读者走来;这样的文字昭示着散文界,不能忽略陈本豪的到来!

情感本身就是散文的重要美感要素,没有注入作家情感的散文,不论其辞藻如何美丽,都不是成功的散文。极左时代,我们的散文中充斥着虚假的情绪,一篇篇颂诗般的散文故作高亢,却捕捉不到丝毫的真情实感。后来,文学的禁区不断被突破,散文的创作观念也不断更新,作者尽可以表现各式各样的思想情感,但种种矫情、猥琐的情绪,甚至连说不上是时髦还是无耻的"恋母"情结,也混杂其间,散文界某种程度上感染了小说作者中出现的隐私描写和"下半身写作"的流行病,许多作品严重背离了"美文"的艺术指向。

本豪散文的好些篇什,描写的也大多是他所经受过的亲情,或者展示他自己心灵的情感世界,但一些曾被许多人经历过的平淡无奇的情感细节,在他的笔下却变得细腻而不琐屑,平凡而又感人至深。

母亲的乳汁是什么滋味?我早已记不清了,但无论何时何地,只要想

到母乳,那份亲情,那份母爱,就充盈我的胸怀。……我爱看儿子在妻胸前吸奶的样子。刚刚学着敞开胸怀,做丈夫的也能把妻的脸看得飞上红云。我想,我小时候在母亲怀里吸奶,肯定也是这个样子。父亲吸祖母的奶,我吸母亲的奶,儿子吸妻的奶。这像一条线,一条生命的线;又像一条河,像长江,像黄河。江河滋润着中华大地,母乳却哺育了我们(《母亲的乳》)。

曾经被千万人礼赞过的母爱,曾经被千万人描述过的乳子场景,本豪写来却如此灵动、别致而庄严。并且,他把生命延续的自然之美、世事更移的哲理之美和日常生活的亲情之美,巧妙地融合到了一起,使我们对神圣的母爱,对我们的生命世界有了更深的感悟。

散文,是不受韵律限制的诗。读本豪的散文,随处都可以感受到一种诗意的美感。

她独自站在路旁足有一刻钟,见我无动于衷的样子,她眼中噙着泪,随着一声低得只有用心灵才能听见的叹息悻然而去。她手擎着那把黑色的雨伞,伞影在我眼前晃着!晃着!终而消失在春夜的雨幕里(《伞影》)。

作者在这篇散文中,回忆了他如梦的初恋。水库工地斜坡上的那次意外相遇,姑娘主动献给他的第一个热吻,都流溢着一种纯情的美丽。尤其是最后他受时代因素的限制,不得不谢绝那位姑娘的热情追求,让伞影消失在雨夜的情景,让你通过他诗一般的语言和他一起进入惆怅的心境,让那黑色的伞影也在你眼前晃动起来,怎么也挥之不去。

作品的文学水准,体现在作者的艺术表现功力上。赋予散文以炽热的感情,是需要一定的创作技巧的,犹如流水需要贯通的渠道。本豪的散文读来自然流畅,文笔清新优美,诗味淳厚但不显华丽娇艳,没有吟风弄月的辞藻摆弄,更不见刻意于技巧的痕迹。然而,这正是当前散文创作所需要彰扬的大技巧境界。

有人认为,散文的写作水平,代表着一个时代的文学水平。当今散文界仍然在呼唤着真诚,呼唤着诗意,呼唤着大境界,呼唤着更高的审美情趣。本豪的散文,正是他以自己的创作实力响应这种呼唤的成果。

第五辑

擦亮心灵的天空

这种在孕育新生命的最为激动的时刻分泌出来的东西，总是那样充满活力，总是那样光亮、圆润，因而，一切鲜花都带着最富生命力的颜色。

踮起脚尖寻幸福

感悟生命

这种在孕育新生命的最为激动的时刻分泌出来的东西,总是那样充满活力,总是那样光亮、圆润,因而,一切鲜花都带着最富生命力的颜色。

鸟巢

寒冬的阳光也那么阴冷,像千万把刀子逼退了旷野跳动的生命,不知它们都躲到哪里去了。

但喜鹊的去向是公开的,它们就在路边白杨树上的巢窝里。

寒流一遍遍洗刷着大地,只有这稀疏的一团团鸟巢举在空茫的天空下,留作野天的景观;只有这黑乎乎的鸟巢,让我意识到这里的天空下还有生命存在。

树枝间的"宫殿"并不坚固,寒风打着口哨戏弄它们,有些细嫩的树干弱不禁风,捧着庞大的鹊巢不住地摇摆。风愈急,树摇摆的幅度愈大。

鹊巢会被倾覆吗?树下的水流结满了透白的冰凌,有的树下还是冰凉的河溪。

可怜的小精灵,为什么要作出这样的选择!

想到我们自己,谁知道哪会儿突如其来的地壳变形,或者泥石流、暴风雪也会颠覆我们人类的巢穴。但我们一代代人,仍然那样地面对世界,面对生活。

风,依旧忙碌着,一具具鹊巢依旧不停地摇曳。

只是，我不再为这寒冬里的较量感到惊心动魄。

鸟儿偎依在属于它们的那座温暖的空间里，享受着它们的生活，享受着它们的尊严。

哦，这高悬的巢穴原来不在乎天空的表情。

鲜花

古往今来，鲜花一直是美的象征。

每一个诞生在我们这个星球上的人，都会对花产生好感，用花来表示爱意，用花来祭奠亡者，用花来装点环境，用花来形容一切美好的事物。

其实，花朵的出现，不过是植物在生命繁衍过程中必不可少的一个环节，就像动物一样，要保持其物种的延续，总要完成一个个必到的程序。

初放的花朵之所以艳丽，是因为它饱含着生命的激情。

这种在孕育新生命的最为激动的时刻分泌出来的东西，总是那样充满活力，总是那样光亮、圆润，因而，一切鲜花都带着最富生命力的颜色。

正是这样的光艳的颜色，让我们产生了愉悦。无论是什么植物的花朵，也无论它们是什么形状，只要其颜色鲜丽，都会打动我们的感官。

鲜花告诉我们：最能感动世界的，原来是生命的激情和生命的美好。

>>>
没有人能平安无事度过一生。
——埃斯库罗斯

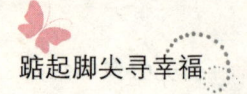

超越语言的语言

有了这种琴弦的诉说,任何一种表述手段都显得苍白无力。即使是伴之以银屏的蒙太奇画面,对它也将是一种破坏。

夜深人静,万籁俱寂的时分,我取出一盘白色胶盒的录音带。这就是弦乐四重奏《梁山伯与祝英台》。

撼人心魄的音乐可以排除尘世的喧嚣,同时又容不得杂音的掺入。说不清多少个这样的夜晚,一支名曲令我沉醉。

《梁祝》极其成功地运用了西方音乐的器具和表现手法,使我们民族乐坛上这朵奇葩放射出更加夺目的光彩。它堪称我们借鉴西方艺术,尤其是进行中西音乐艺术融会创造的一个典范。

没有《梁祝》,我们就没有音乐。

——我深知这种赞誉偏激得叫别人无法容忍,但我还是说了。

在台湾海峡的彼岸,曾传来一个圆润清亮的歌声,在整个大陆风靡不衰,亿万歌迷为之倾倒。那就是邓丽君。

在我们此岸,一曲《梁祝》飘飞过海,无数同胞被它征服,并在台岛萦绕不散。上至高层政要,下至平民百姓,纷纷赞赏这支音乐的"国粹"。

他们送给我一盘"邓丽君",我们还之以一盘《梁祝》。这双方礼物的比重是够掂量的。

作为一个具有几千年文化积淀的民族,应当孕育出这种高水准的音乐。每个发达的民族,都应当推出自己的艺术精华。

第五辑 擦亮心灵的天空

电影《魂断蓝桥》中的那支苏格兰民歌，不知在那里是否也被称作他们的《梁祝》。——这未免有点爱屋及乌了。

音乐，是作曲家将语言正常读音的音节变成长短高低的声响符号，但它不是语言，更不是文字。

然而，每一件成功的音乐作品，都是音乐家创造出来的超越语言的独特语言。

这种无语言的语言，是任何语言都无法企及的语言，无以复述的语言。

《梁祝》低回跌宕的旋律，把我们带到远离现代都市的那个没有年代的年代。那里有寂静的山川和田野，有古老的拱桥和溪水，有高深的宅第和闲恬的园林，有现代和未来不可能再现的生活背景和文化心态。

爱情故事淡化了十年寒窗追寻功名的价值观念，渲染的是封建礼教和门第婚姻的残酷。但音乐使故事的主题得到了再次升华，听者感觉到的不是几千年尘世俗念的困扰，而是空灵，纯洁，缠绵却不忧伤。

人间丑恶制造了一个千古遗憾的悲剧。

而艺术却让人们远离了丑恶。

有了这种琴弦的诉说，任何一种表述手段都显得苍白无力。即使是伴之以银屏的蒙太奇画面，对它也将是一种破坏。

音乐的视觉不需要眼睛。

有些音乐作品可以从物质世界获得创作灵感，模拟出一部分音响。如《春江花月夜》中推水行舟的篙声和橹声。

《梁祝》是爱情的绝唱。情感不仅是无形的，而且是无声的。

音乐也是无形的。《梁祝》以一种无形来表现另一种无形。不知作曲家靠什么点化，将那么几个音符排列出了如此绝妙的信息符号。

欣赏者也无法说清他们凭什么能够迅速地破译出音乐符号的内容，甚至是在第一次接收时。

这就是音乐的神奇。

《西厢记》里，张生越墙与莺莺私会，未免落入世俗的尘轨；董永与七仙女的生死离别，未免流入千百年来人们的空幻想象。唯《梁祝》既是

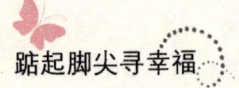

从现实中走来,又具有超现实的魅力。虽然它也有一个神话的尾巴,但欣赏者大都忘了那对升天的彩蝶。

爱情与人类同在。而一对男女的故事却不可能穿透将来无限的时空。唯有真正的艺术才能跨越一切。

一支名曲赋予古老传说以永恒的生命力。

音乐不朽。"梁祝"永远不死。

人生的最高理想是为人民谋利益。

——德莱塞

第五辑 擦亮心灵的天空

文学，敬畏与名利

我们应该敬畏巨匠，敬畏经典，敬畏文学，可我感到，在艺术与孕育它的本源之间，我们更应该敬畏的是生命，是造化，是历史的参与者，是生活的创造者。

我这辈子痴痴迷迷地干了一件事情，就是文学写作，虽然是业余，却几乎耗去了我生计之外的全部。

有时听说一些"志愿者"比我更迷，甚至为文学辞了职，离了婚，可他们有的人连我这点成就都还未达到，不值！但转念一想，自己值吗？不过是五十步笑一百步。

文学这条路上，沿途都是陷阱，绝大多数人不过是早陷或晚陷的问题，或者叫"败下阵来"，终究是白走一遭，为他人作陪衬。只有极少数能靠文学吃饭，能养家小的名利双收者，才是一场场文学马拉松赛跑的成功者，才值。在我看来，文学跋涉就是这么悲观，但依然不乏来者。就在我写作此文的当晚，在新到的《杂文报》上读到一位老作家的故事，从1953年5月5日，十三岁的他在湖北《宜昌日报》发表第一篇作品算起，到2013年5月5日黑龙江省作协批准他入会，整整花了六十年光阴，他才"圆"了自己的作家梦。原来，文学这东西总是裹着神圣的灵光，敬畏者无法抗拒，才有了这种前赴后继的悲壮。

仰慕，热爱，兴趣，说到底还是出于对文学的敬畏。我们应该敬畏巨匠，敬畏经典，敬畏文学，可我感到，在艺术与孕育它的本源之间，我们

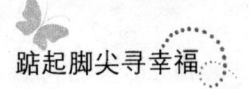

更应该敬畏的是生命，是造化，是历史的参与者，是生活的创造者。

一场战争和一部作品，更值得敬畏的是顷刻间消失的那些最有热力的生命。一个人物和一部传记，最值得感怀的也是一段不寻常的人生历程。一户山民迫于生计，在险壑峭壁上建了座石屋，触发了画家的灵感，于是便有了一幅优美的山水画，使画家成名了，可建房的那家男主人却终究因饥寒和困顿死于老林。在过去的漫漫岁月里，这并非只是一种残酷的假设，即便不是这样的结局，我觉得也是有欠公平的。因为在奇妙的画幅深处，还有画家没有表现出来的生命的坚韧，那才是更值得我们敬畏的生命之奇与生活之美。再如，这几年去南国偏远山地寻访梯田的摄影爱好者愈来愈多。每每看到他们拍到的那种弯曲错落、层层叠叠的梯田壮景，我惊叹的不是其美感，而是一代代山民与险恶自然条件搏斗的生生不息。那种比人工描绘更有韵律的线条，其实只是密布的梯级田垄，山势愈陡，这种田垄线条才会愈密集，也就愈出"效果"。但我却老是想到在那些狭窄而不规则的梯田耕犁的难度，老是想到烈日下泥水中耙耕抢插的艰辛。不是因为我出身农民，才想到这些让人累得慌的画后耕作，世界本来比艺术更精彩，生活创造本来比艺术创造更伟大。

艺术崇拜与生活感怀虽然不属于同一个概念，但我们作为献身文学的志愿者，在敬畏文学艺术的同时，更为重要的是必须对万物造化和生活创造保持敬畏之心。唯其如此，我们才能保持对世界，对生活的敏锐感知，唯其如此，我们才能更加准确、更加鲜活地摹画出自己眼前的生活。

说到文学艺术的创造，还有个绕不开的话题，那就是名利究竟在其中扮演着什么角色。曾经，名利被政治权势认定为邪恶，人们谈名色变，也不敢去从事创作，谁若奉命创作了一件作品，也多半署上集体的名义。更有几百年前的先贤写出了不朽的名著，却留下署名权问题让后世争说不休。当然，这些都有着各自的历史原因。

名利，是文学艺术创造的驱动力，并且没什么不正常。

世人总是劝导别人看穿名利，但往往自己都没法过这一关，事实上，能够真正在意识里超越这两个"神物"的人只是极少数。某地有位宗教领袖，生前因年事已高，不大接触外人，但有个年轻作家要写文化名人而去采访他，他却格外配合，热情有加，还主动赠其墨宝。遗憾的是，文章未出，大师已阒然长逝。另有一位诗词高手，在当地享有相当的名望，谢世之前竟嘱托某楹联专家为其撰拟了一幅长联，极尽赞誉，更极尽志哀。老先生作别之后，追悼会现场及当地媒体自然少不了那幅经过他生前认可的挽联。还有些名家到了一定分量，一些名利上的事情如果将其遗漏，他可能会从牙缝里挤出两句恶骂，一旦得知他大名在列，却又谦逊地说"我有何能何德。"能够声称自己淡泊名利的人，都是多少具有一些名利地位的，并且是相对而言，能够彻底地与名利绝念，或许是在他们入土为安、思维停止了之后。更多的人不想名利，更不谈名利，是他们与这些东西相距遥远，甚至是连温饱都没解决的群体。

名和利，一般情况下是紧密相关的。离个婚，怀个孕，就不用说了，甚至是逛趟街，会个友，上回馆子，都会有狗仔队追踪，都会有媒体炒作，这种极致的人生风光与巨大的利益都是建立在名气之上的，所以，引来无数少女将其视为生命的最高境界。到个场，泼点墨，或者扯几句话，就能得到大笔出场费，这也成了许多文化人的向往，连没啥文化的"铁岭靠山屯的老大妈白云"也以文化名人自居，毫无愧色地在崔永元面前连连自夸。当某些明星大腕痛骂娱乐记者的时候，不知道有多少人蜷缩在京城的地下室羡慕不已哩。

这几年到几个地方讲文学，当地的报纸电视预告、现场的欢迎横幅和会标等等，都未忘加上"著名作家。"有一回我在讲课中穿插说，这到底是为了吸引大家前来听讲座，还是为了让我高兴？真正的著名作家是无须"著名"的，比如鲁迅巴金等许多文学大师，人们不再称他们是著名作家了。未料，我此话未落，掌声爆起。我讲的只是实话，因为看重名利，才有了很多"著名作家"或"著名××"。

圣人说，食色，性也，名利亦如此。既然世人无法抗拒名利，就应该承认它的合法存在、合理存在，但必须是"君子爱名，得之有道"，绝不能像某凤姐和某露露那样暴取大名。作为作家，必须实实在在地经营作品，而不是靠厚黑学经营名利。

我曾经说过，过去多少年因为忙碌，自己无暇思考创作之外的东西。比如，每天上下班从文联门口经过，却几年没顾上跨进它的大门。很多年没想过去争取什么奖项，《诗廊漫步》多次再版和重印，我都没想到拿它到作家协会去参评文学奖，在我第一次获得散文奖之前，不曾主动向任何机构申报过一片纸。但这并非想表明自己具有多高的境界，除了无暇顾及，除了那时不大看中奖项，还有一个更为重要的原因，是我不知道自己写到了一个什么层面。那年到天津领奖接受《今晚报》采访时，我曾经这么说过，不是假话。相反，这些年受到种种关注和鼓励多了，心态上倒不如那时平和。尤其是看到有些人轻轻松松发作品，轻轻松松获大奖，轻轻松松"著大名"，总有点愤愤不平。但有时静下心来想想，觉得大可不必"与自己过不去"，有些现象是改变不了的，如果自己想"冒尖"，唯有写好自己的作品，不抱侥幸心理，更不抱投机心理。从这个角度看，未必不是好事。

其实，如果没有公正，我也不会得到种种肯定。当年，看到报刊连载《诗廊漫步》主动与我联系、促成它一版再版的北方文艺出版社的诗人满锐老师，我们至今都没见过面。湖北大学组织研究湖北散文创作，课题牵头人刚从日本做访问学者回来，是通过省文联找到我的相关资料的，原来，她在我那本不起眼的集子《海天履痕》中读到过几篇历史散文，责任驱使她一定要和我联系上，随后又对我的文化散文给予了很高的定位。最让我感动的是华中师范大学的黄曼君，这位在湖北文艺理论界享有领军地位的老教授，在他出席"任蒙散文艺术座谈会"之前，我们没有交往过，可他郑重地到了会，而且是有备而来，带头作了体系完备的发言。后来他多次说我和小说《跪乳》的作者，是湖北"受了委屈"的两个作家，说我们都是当过兵的，都很老实。因此，他几次表示要为我写一篇比较全面的评介论文，争取推到《文学评论》上去，连基本思路都考虑好了。我当然不敢作这种"指望",因为黄老师已经年过七旬。此后不久,他患癌症去世了,令我倍加伤感。首届"全国孙犁散文奖"组委会给我的《颁奖辞》,其措词评价更是出乎我的意料。来自理论界和出版界的这种公正与良知,是文学鉴定的主流,也是我向上攀登的动力。

文学之路不存在创作之外的捷径。要想成功,就不要管别人靠什么风光,只有自己沉下心来,努力写出读者真心认同的"硬通货",以作品服人,才是正道。

人生是一所学校,在那里,不幸比起幸福来是更好的老师。

——弗里奇

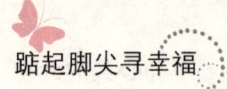

走进《春天》

那时没有人类伴着婷婷而立的白桦一起来享受阳光，享受春天；没有人类跟随欢跳的松鼠一起走进这里的丛林来感受美丽；更没有画家普林斯·尤金来这里作画，当然也更没有我来凝视这幅图中的美景。

春天，孕育诗意的季节。

但是千百年来，春天这个字眼曾在无数作家和艺术家的笔下泛滥过，谁如果再去简单地运用这个名词，只会让别人指骂愚蠢。

春天最美，也最不容易描绘。

偏偏有幅油画，标题就叫《春天》。

整个画面以树林和土地的黑色为基调，却穿透着强烈的暖色气息。

严冬刚撤退不久，星星小花和树丛萌动的春意已开始占领这片土地。

画家将天空挤压在画幅的顶部，但天空总是天空，即便只为它开一扇窗户，它都是那么遥远，那么辽阔。

《春天》的天空升腾着黄亮的金辉，从树丛那边的天际喷发而来。

那温暖的色彩涂抹了远天淡淡的云层，也涂抹了林梢纷乱的树枝。

近处，一株细高细高的白桦顶出画面，留给人们一个想象的高度，圆润的白色树干把油黑的土地和背光的丛林衬托得更加葱郁，更加神秘。

白桦树的土坡下，一湾池水被远天的霞光镀上了一层金色，连水中树林的倒影也泛着金黄。

池水映照着天空，在暗黑的土地上显得格外明亮。一池春光洋溢着一片生机。

一个美妙的季节停留在这个时刻；

这个时刻走来了一个美妙的季节。

油画的作者叫普林斯·尤金，很像是俄罗斯人。他所画下的可能是俄罗斯某片土地的一角，也可能是北欧其他地方的某个角落，还有可能是他想象的某个地方。

总之，这只是一个极其普通的所在。作者以其娴熟的艺术笔法将美丽而生动的自然时刻展示在这片土地上，使读者对这片山野产生出无限的向往。

在那个清闲的午休时分，我随手翻出床头的一本旧杂志，等待睡意的最终到达。

印在封底的这幅油画却突然让我清醒起来，我平卧着伸手举起这幅画，端详了好久好久。

我很想去寻找这地方，去寻找那个季节，那个时刻。

不知赤道和两极是否有这种季节变化，我相信在我们这个星球的许多地方，都可以找到这样的春天，都可以找到这样的晨色。

这样的景色是大自然的绝妙造化，是我们的太阳和我们的地球周而往复运转的绝妙造化。

多少万年以前，这树，这花，这丛林，没有生长出来，但这片黑色的土地存在着，这湾池水存在着。这里一草一木的若干代以前的先辈，也曾像它们一样静静地扎根在这里，也曾像它们一样静静地站立着，把一只只手臂举向苍穹，一次次迎接着这种曙色，一次次迎接着这种宁静温馨的时光。

可是，那时没有人类伴着婷婷而立的白桦一起来享受阳光，享受春天；没有人类跟随欢跳的松鼠一起走进这里的丛林来感受美丽；更没有画家普林斯·尤金来这里作画，当然也更没有我来凝视这幅图中的美景。

我们来得太晚了。

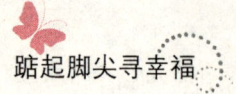

踮起脚尖寻幸福

但是，我们又不希望画里的世界诅咒人类的脚步。它要永远地这般存在下去。

我终于寻到了那片池水边的树林，寻到了那片和煦的金黄色天光。

轻些，再轻些，沿着矮矮雪松旁边那条隐约的小径往前走，前面就是那泓池水。

千万不要惊动树枝和花朵，千万不要惊动林间的阳光。

就这样，我轻轻地向前走着，在我朦胧的睡梦中。

>>>

荒废时间等于荒废生命。

——川端康成

第五辑 擦亮心灵的天空

写作的心路历程

说不清在一个什么日子,这种崇拜意识在我的心灵深处悄悄埋下了一粒火种,使我步入了痛苦与欢乐相伴的文学追求之路。

一

我的读书经历和很多人一样,是从少年时代读小说开始的。此前东鳞西爪地看些小人书,多半是看热闹,谈不上是读书。那是一个缺粮又缺书的年代,每当我借到一部厚本小说时,那种喜悦难以言状。我读过的某部小说破损到什么样子,某部小说的封面被揉了几道皱折,某个名人题写书名的那一撇一捺,至今还清晰地印在我的脑海中。

除了书,世上还有什么能有这种刻骨铭心的魅力?

小说只是一个舞台,让读者看到的是编织的故事和演义出来的人物,不大容易从正面去认知或想象作者的样子;而在《后记》中,作者却好似剧目的编剧走上前台向观众谢幕,虽然不乏客套之辞,但能使我从某些角度感觉出作者此时的神态和心情。面对成功,他们是多么欣慰,多么荣光,每每至此,我总觉得他们是世界上最应该自豪的人。因而,当我得到一本小说或别的什么作品时,总是先读前言或后记,通过了解它们的创作和出版过程,去了解它们的作者,去认识我最崇拜的作家们。至今,那些为数不多的人品文品俱佳的文学大师和学界泰斗,仍然是我最崇拜的人。

说不清在一个什么日子，这种崇拜意识在我的心灵深处悄悄埋下了一粒火种，使我步入了痛苦与欢乐相伴的文学追求之路。虽然我始终只能在有限的业余时间走进自己的文学作坊，但写作早已成为我生命中不可或缺的一部分。

二

读书，更多的还是应该去读那些文化精华。

人们带着美好的向往去游滕王阁，去游岳阳楼，这些千古名楼从历代无以计数的楼宇中脱颖而出，卓然独立，凝集了多少先人的智慧和汗水，闪射着中国古代建筑文明的光芒，许多人看过却感到"不过如此"。然而，当人们读了王勃、范仲淹们的诗文之后，没有人敢言"不过如此"。可这些短短的文字，不过是它们的作者灵感来时一挥之下的产物。

正是这样的文字赋予了这些楼宇的灵光，使今天对名楼名篇都引以为自豪的我们，说不清是有了名楼才有名篇，还是有了名篇才有名楼。因为是名楼，它们才有了屡毁屡建的命运，有的重建多达三十次。假如那些文豪活到今天，让他们以自己的名篇去换一座名楼，他们也未必乐意。

只有璀璨的文字才能雕塑璀璨的文明；只有璀璨的文明才能穿透时空。

三

说到读书，古今中外不知多少高手形容过其中的美妙，但高尔基所说的像饿汉扑向面包的那种感觉，我从未经历过，倒是有过在旅途中缺烟时能得到一支劣质卷烟也可以满足的快感。不过我可以说，假如没有书，这辈子肯定无法生活下去。我曾与一位麻将迷讨论这个问题，最终是他被说服，因为世界上可以没有麻将，但绝不能没有书。

读书使我迷恋写作，写作使我更加迷恋读书。有时读书也感到很累，很苦，但只有走进书中才能领略到最美妙的东西，那里有奇异的境界，有伟大的圣哲，有无尽的宝藏。

四

古人多少精美绝伦的工艺制作被不慎的历史摔碎了，而深邃的思想却被保存了下来，尽管其中许多精品一次次被专制者强行扔进火堆。

真正的思想结晶是摧毁不了的，也是熔化不了的。写作者要赋予作品以生命，必须首先赋予作品以思想。

我曾经说过，写作永远属于思想者独特的生命状态。但读者希望看到的是你思想的果实，而不是你思想时的模样。有的人常摆出一副深沉思考的姿态，再在照片上签上自己娃娃体的大名，交给文学杂志在封面上加以"供奉"，读者却不知道他写出了些什么。读者希望的是你拿出有思想的东西给他们看，而不愿意你作深思状去"吓唬"他们。

五

在印刷业高度发达，什么文字都可以弄成出版物的今天，我时常问起自己，是不是也在认认真真地生产着文字垃圾，像那些被丢进麻袋拖出办公室的满纸空话的东西，像那些送给朋友留也不是丢也不是的没有盐味的东西。每想到这一点，总好像突然发现自己忘了什么大事或者办错了什么大事一样，一阵惊悸，一阵紧张。因而，我时常提醒自己，提笔就要做"文章"。自己做的千字短文也是文章，发表在小报小刊上也是文章，汇成专集发行几千册甚至更少也是文章。不要玷污"文章"，尤其是千万不要辱没自己的良知。只有努力去做，才可能降低次品和废品的数量。

也许我认真一生，也写不出几篇多么像样的文章来，但有时又感到自己过于犯傻，不免再次动摇起来。总想自己认真了又能怎样，现如今中国象我这样的写作者成千上万，每天都要产出数以吨计的作品，而时间肯定肩不起如此重负，到时候认真的与不认真的或许都是同一种命运。

一旦这种很坏的念头出现，我唯一能够驱赶它的，就是再三叮嘱自

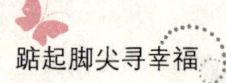

己，不要愧对自己的一场追求，不要愧对那些还在鼓励我写作的朋友和读者。最近，我还收到随州一位年青诗歌爱好者的来信，说他十年前从邻乡借到一本我的《诗廊漫步》，因为不到十万字，就原原本本地抄了下来，做了一个手抄本，连封面也是临摹原书制作的。他说是这本诗话把他引入学诗道路的，嘱我一定要为他即将出版的诗集撰序。想到这些，我没有理由不认真去写作。

其实，我燃烧着自己的情绪锻造出来的东西，也成不了什么千古不朽的陈列品，不过是一些最常见的斧子和镰刀，甩在摆满长街的几个摊铺上，只会被看走了眼的人买去作一时之用，但如此我亦足矣。

勤奋读书，认真写作。这是我对自己永远的要求。

生而为英，死而为灵。
——欧阳修

怀念琪琪

白鳍豚是生物进化的神来之笔,是大自然珍藏在江水深处不肯轻易示人的万物之灵。看着眼前这个可爱的健美王子,谁都会感觉到自己是在享受天地间的一种珍奇的极品。

我并不认为自己的这篇文章迟到或过时,琪琪是永远值得世人怀念的,也永远值得我们这个星球怀念。我在十五年前见过它一次,那时候它还处在很健旺的年龄。

那是一个深秋的上午,我和几个文化人被中国科学院水生生物研究所邀请"去看白鳍豚",就这么突然,就这么简单,我们跟随主人踏着片片落叶,走过一片寂静的林荫,就来到了琪琪的馆舍。

圆形的"白鳍豚馆"外表比较精致典雅,是琪琪来到水生所多年之后,政府专门拨款为它修建的。我们走进馆内就看见它在清澈池水中游动的身子,不需要多少形容词,优美,绝对是优美!

我伏在池边的铁栏上,看着它环绕圆形水池一遍又一遍地旋游,那么敏捷,那么轻松。尽管过去很多次在各种画面上见过它,也知道白鳍豚是水中最美丽的精灵,但琪琪从容舒展的泳姿还是激起了我的诗性情思。

一个童话就在我们面前的池水里,美妙,真切,又如此靠近!

琪琪是1980年1月12日在洞庭湖的长江口被湖北嘉鱼县的渔民捕获的,那会儿它才两岁多,是个贪玩又好奇的小孩子。琪琪当时被渔民的网钩划成重伤,已经奄奄一息,科学家花了四个多月才为他医好创伤,它也

从此失去了自由,在人工饲养池里生活了二十多年,度过了它的童年、少年和青年时光,直至终老。这对一个纵横江海的生灵来说,肯定是它的不幸,但科学研究却有了不可多得的活标本,人们可以一睹比大熊猫还要古老的这种神秘水精的潇洒。假如它那天没有误入渔网,我们就只能听科学家和渔民去描绘白鳍豚是如何完美、如何智慧以及它在水里的舞姿是如何优雅。即使有人能够拍出像西方科学家那样的"动物世界"来,也没有这样清晰而亲近。

白鳍豚是生物进化的神来之笔,是大自然珍藏在江水深处不肯轻易示人的万物之灵。看着眼前这个可爱的健美王子,谁都会感觉到自己是在享受天地间的一种珍奇的极品。陪伴了琪琪二十多年的研究人员每天看他,还说没有看够。然而,你愈是接受这种美感,就愈是有一种悲哀伴随而来。

琪琪给我们展示的洁净而流畅的舞蹈韵律,却是大自然的一次绝唱呵!在我们那次去看它之前,关于白鳍豚的信息早已令世人揪心了。或者说白鳍豚这种稀有水下动物的生存状况,是在开放年代伴随着一个最濒危物种的警钟传播给世人的,许多人都能够预料到它们的命运。但是,那会儿很多人都想赶在三峡大坝蓄水之前去看三峡绝壁最后的奇观,却没有谁想到武汉东湖之滨的这片树林里来分享一下自然界这首"最后的诗篇"。当然,琪琪的养殖所也没有向外界开放。

我们按照专家的提示,将手伸到护栏内水面的上空,琪琪以为是饲养员来给它喂鱼,就迅速欢快地游过来,以直立的姿势亲近你,露出它洁白的腹部,它还张开尖长的嘴,像一把大开的钳子,那种动作格外招人喜爱。白鳍豚大脑发达,很富灵性,靠它完备的声纳系统来辨别周围的一切,十分敏锐而准确。

琪琪在人工池里生活了两三年就已成熟了,水生所从科研的角度一直想给它找个配偶,于1986年捕获了一雄一雌两只白鳍豚,雄兽没活多少天就死了,而雌性尚未成年,专家给它取名珍珍。琪琪和珍珍在一起度过了两年最美好的时光,人们都期待着珍珍能健康成长,将来能与琪琪一起生育后代,可上苍没有成全可能为一个极具诗意的物种带来一线生机的

"爱情故事"，几年后珍珍因患上肺炎也不治身亡。随后，水生所又组织过较大规模的捕捞行动，希望能成全琪琪，创造出白鳍豚繁殖研究的科学奇迹，但最终无功而返。

在我看来，琪琪就像个阳光活泼的青春少年，它没有去理会灾难，也永远不懂得命运对它们的残酷。可是，白鳍豚走向灭绝究竟是谁之过？难道可以埋怨它们祖祖辈辈只能够生活在长江中下游这道狭窄的水域里，将其灭绝归咎于它们对生存条件的选择之严苛。当然不可，它们在这条江水中进化生殖，在这道长河里自由自在地游弋繁衍了两千五百多万年。还有与白鳍豚一样可爱的江豚，也在重复着前者的命运，短短几十年其数量已锐减到不足千头。

我们见证过现代文明给世界带来的许多变革，但我们却不得不见证一个奇妙的物种在自己的目光里终结。我不禁暗自发问：这是我们给自己造成的惩罚，还是上天对我们的一种残虐？它让我们每个人都必须接受这一幕。以后的子孙再也看不到白鳍豚了，人们只能以图片和动画的形式，让孩子们通过"低幼读物"去与拟人后的琪琪哥哥交朋友，去认识和了解在他们祖爷爷祖奶奶辈或者更早时代就消亡了的白鳍豚。

正因为这一切早在大家的预料之中，所以那天我倚在水池边望着琪琪久久未肯离开，尽管它是全人类一个共同的"宠物"，可谁都无力回天。琪琪还是那么充满活力，那么健康光亮，一次次在池水中搅起欢乐的涟漪。我们去时还听说某个领导人刚来察看过，指令每年专为琪琪增拨十万元"伙食费"，但这些都改变不了它的孤独，更挽救不了白鳍豚的命运。它不知道这个世界上只剩下自己了，它将代表自己曾经到这个世界上生活过的所有先辈，代表整个物种，向长江，向大海，向这个不容它们的世界作最后的诀别。

成为生物史上一个灾难性标志的那一天终于到来了。2002年7月14日清晨，人们发现琪琪躺在池底一动不动，永远停止了呼吸。本地传媒首先把琪琪死亡的消息作为社会新闻播出了。我曾经说过，无论将它作为什么消息，琪琪的离去都是一个令人痛心的事件，因为它很可能是人们能够见到的最后一只这样的大江精灵。果然，2006年由中、日、英、美等国四

十多位科学家联合组成的科考队,沿长江进行了一次全面观测,再没有看到一头白鳍豚,于是作出了我们并不意外的结论。

长江巨川形成于一亿八千万年以前的三叠纪地质时期,在它流淌了亿万年之后,于大江与东海的出海处出现了一群轻盈若仙的淡水鲸。又不知经过了多少年代的进化,它们庞大的体态却愈来愈呈流线型,青白色的肌肤愈来愈光洁而富有弹性,长长的尾部更加尖细似剑,动作也更加矫健。如今,这种被称作"东方女神"的灵性物种彻底消失了,演绎了几十万个世纪的神话般的水中故事以悲剧的结局谢幕了。

因为忙碌,当年很想为琪琪写篇文章的计划只好落空,后来再也没有机会去看过它。最后一次见到琪琪是在电视里,它已经成为标本了,被搁置在没有阳光的陈列室中。我不禁又想起那个难忘的日子,想到它游过了漫长时光的那座圆形养殖池,想到它在池中环游时那种敏捷流畅、天真友善、轻灵而不知疲倦的表情与风采。那座池子分为两个直径不过十多米的大池,还连着一个小池,可能是为了换水和放养它的食用鱼而设计的。就这么个"两室一厅",也是世界上独一无二的水池。我这个形容的叫法曾在当场引发过大家的笑声,说明它算不上宽阔,也叫人越看越感到琪琪的孤独。

不过,我当时没有如此强烈地感受到,琪琪在那片林荫下的馆池里舞出的旋律,原是一曲沉痛的挽歌。

> 人生应该如蜡烛一样,从顶燃到底,一直都是光明。
>
> ——萧楚女

做人诚实一点好

不过,我觉得做人还是本分一点好,不贪心,不伪饰,不矫情,不作非分之想,不多余花些心思;我就是我,自然大方,坦坦荡荡;否则,像那种每走一步,每行一事,每临一境,总要细加顾盼,总要多一个心眼儿,总要换一副面孔,总要变一个手法的人,活得多累。

我算不算一个老实人?该不该做一个老实人?这些连稚童看起来都似乎不太难的问题,有时却让人感到困惑。过去在部队,从连队到军区机关,经历过不少岗位;后来转业到地方,也变换过好几个单位。一路过来,直接共事或打过交道的领导和首长也好,战友和同事也好,对我的评价基本是"老实人"或"本分人",至少没有听说谁认为我这个人奸猾。并且,这些对我基本一致的评语,都是他们在背后一些场合不经意地作出的。

这样的评说,我一直引以自慰和自勉。有时扪心自问,大概自己还算一个老实人,也甘愿做一个老实人。但随着时间的推移和周围环境的变化,我开始对这一点动摇起来。以前听人说当老实人吃亏,我倒不在意,认为世界上总要有人吃亏,每个人都想把好处占尽,谁都不肯相让,这个世界就会变得十分可怕。可令人担忧的是,后来竟有人说老实人往往缺少点所谓的开拓精神,不及精明人"会干事"。这绝不是一个简单的认识问题。我们党曾大力提倡做老实人,说老实话,办老实事,眼下这种"三老"作风非但没有过时,相反比以往任何时候都更加需要。而这种说法却把一个人的品德和能力对立起来，说这话的人无非是想表明自己"思想开放，有开拓精神，能力强"等等，掩盖自己在干部群众中声誉欠佳的缺陷，同时把日见其少的一批德才较好的干部排除在外。虽然没有哪个单位的组织人事部门去专门确认过干部老实不老实，我究竟是不是一个老实人，最终也不能由自己认定，但我听了这种谤论，心里总不那么舒服。老实人中有工作能力低的，而精明人也不一定个个能力都强。相反，如果按照某些精明人的逻辑，可能会把我们的事业办糟，办砸，因为他们的"会办事"往往是以坑害国家或别人为前提的。将做人诚实与僵化保守相等同，也是很荒谬的。试想，如果让一个诚实正派的人去领导某一个单位的改革，可能首先被他改掉的就是那些巧言令色、不学无术的所谓精明人吃香的机制，当然，这样的开拓精神他们是不会赞同的。

由于当老实人不吃香，便有些好心的同志提醒我"不要太老实"，劝我说话办事留点神，机灵一点。古人说，大道直行将不容于世，这话果真具有真理性意义吗？我一时惶惶然。在他们的劝导下，我也曾经在说话处事方面，试图学着精明一点，可做起来实在别扭，有时想在领导面前把话说得好一点，到时却忍不住又直来直去，或者干脆忘了。所以至少有三位老同志曾怀着"恨铁不成钢"的心情对我说，你真是教都教不醒！我哑然，因为我明白自己在这方面的确不堪教化。

俗话说"江山易改，本性难移"，我只好如此了。不过我觉得做人还是本分一点好，不贪心，不伪饰，不矫情，不作非分之想，不多余花些心思；我就是我，自然大方，坦坦荡荡；否则，像那种每走一步，每行一事，每临一境，总要细加顾盼，总要多一个心眼儿，总要换一副面孔，总要变一个手法的人，活得多累。做人心眼儿实一点，说话直一点，有时虽然不大招人喜欢，甚至使人误解，但时间会帮助你。在军区机关工作期间，一次因为工作上的分歧，我"冒犯"了一位职务比我高的老同志，后来他在背后说过一些对我不敬的话，我只当作不知，但我转到地方几年后，另一位战友偶尔谈起，那位老同志最终对我的印象还是"任蒙是个忠厚人"。他的这句"定论性"的话使我对他更加尊重了。可以无愧地说，在我走过的一些单位，还没听说有谁指着我的脊梁议论："这家伙为人不地

第五辑 擦亮心灵的天空

道。"二十年前,我作为总编辑离开一家不算很小的新闻单位时,几位记者和职工还为我的调离红了眼圈。我觉得这就够了,并认为老老实实做人并非没有好报。至于我的工作能力如何,也自有同事们的评价去说明。二十年后果然有位退休多年的老记者(鄂东大汉)在网上发了篇题为《负任蒙劳——回忆当年的报人任蒙》的博文,深情写道:"历史可以作证:当年报社那个舞台上,各色人等演绎了自己的精彩与无奈。在那样一幕人生活剧里,任蒙是堂堂正正顶天立地的'伟丈夫',也是勤勤恳恳兢兢业业的铺路人。"先后有一批网友跟帖表示赞同,没有一个人认为他写的不实,并且这些跟帖者大多都是我们当时的同事。他们今天对我的肯定和鼓励,使我更加感动,也更加坚信做老实人没错。

诚实是一种天性,更是人生应当追求的一种精神境界。

人固有一死,或重于泰山,或轻于鸿毛。
——司马迁

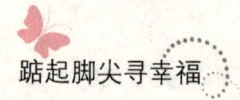

世象闲笔

人类虽然是目前唯一被发现的万物之灵长,但仍然是芸芸众生,其社会秩序必须方正有纲,井然有序,而法制纲纪绝不是建立在圆的理论基础上的。

论圆

太阳是圆的,月亮是圆的,地球是圆的,天上的星星是圆的,人们能够望见的苍穹也是圆的。

星体运行的轨道还是圆的。

圆,是整个宇宙宏观形态和运动方式永恒的定律。

只有流星在空间直行,但那是它们正在走向毁灭的最后瞬间的轨迹。

圆,就是存在。

直,即意味着消亡。

大道直行,将不容于世。

我们的先人似乎很早就发现了宇宙间这一铁的定律,并把它运用到了社会生活中。圆,成全了一代又一代无数人的显达与苟存。

然而,圆,只能是无穷宇宙的秩序,那一切都出自天定,各自的位置,各自的轨迹,"圆"然有序,互不碰撞,和谐永恒。

人类虽然是目前唯一被发现的万物之灵长,但仍然是芸芸众生,其社会秩序必须方正有纲，井然有序，而法制纲纪绝不是建立在圆的理论基础上的。圆，只会让社会永远地混乱下去，让少数狡猾者和无耻者掠夺多数人创造的社会财富，文明无法推进，社会进步迟缓。

圆，只是宇宙的几何构成；

绝不能作为人类社会生活的准则。

阉割"源头"

古代帝王及其家族为了满足他们极端荒淫的宫廷生活，不断从民间征召大量的少女进宫服务。同时，他们身边也需要一批男性奴才。怎样才能保证这些单身的男奴不与女奴淫乱，他们最终想出了一个绝妙的办法，将男奴的器官割去，谓作宫刑。

太监制度据说最早起源于印度，我国自东汉之后开始推行这一灭绝人伦的办法。到了清代，京城还有类似现代公司的专业机构，为宫中增添太监提供阉割、培训一条龙服务，许多人家为把儿子送进宫里，不得不向他们花去许多银两。清末最后一个太监孙耀庭回忆说，他家里太穷，为了能到宫里去吃饭，他是被父亲按压在床板上用镰刀割去的。这种制度是极其残忍的。

阉掉公猪是为了让其安心长肉，阉掉公牛是为了让其蓄力扯犁拉耙，阉掉男人是为了防止他们越轨。要说从源头上治理，这类措施可算是到家了。朝朝代代，一拨又一拨变了调的阉人终日生活在如云的美女中间，还真没有闹出什么明显的丑闻。有些宫女与太监私通，大不了只是干闹几下，弄大不了女人的肚子，捅穿了也不至于太伤皇家的脸面。

然而，人畜毕竟有着本质的区别，使用价值也大有不同。对动物来说，你从源头上治理了它们，它们剩下的欲望只是吃饱喝足了，而对人来说，你割掉了他们的性别欲望，他们还有更险恶的富贵欲望，并不是所有的刑余之人都像统治者所想象的那样禀性温驯，情志专良。历史上，一例接一例的宦官专权，生杀予夺，玩帝王和重臣于股掌，给朝廷和百姓带来了巨大的灾难，有的甚至导致了一个王朝的覆灭。

欲望的有形源头系上苍所定，每个人都明摆在一个固定的部位，好找也好办，但欲望的无形源头，找起来治起来则复杂多了。

也不容易

在漫长的专制社会，做官其实是最不容易的。

功名利禄很能诱惑人，但其背后却时时隐现出刀光剑影，保住它往往比得到它更为不易。

像一只狼得到一个猎物，被一群狼觊觎着，猎物随时可能被夺走。

但这种争夺不是直接的，争夺者往往要借助统领狼群的那只虎。争夺者不仅要夺走猎物，有时还要置对方于死地。

为了夺取功名利禄，不知多少人搭进了身家性命。

如能登上龙位，面南而坐，更能得到无限的好处。可是，在无限的好处后面，必有无限的杀机。

专制时代，无论是帝王还是臣子，必须年年月月和每时每刻牢记的事情，就是要提防别人，保住自己的位子。

伴君如伴虎，为臣者必须万分谨慎小心，兽怒稍一引发，自己随时可能葬身虎口。

为君者也必须高度警惕，知人知面难知心，说不定哪一刻会突然祸起。

公仆的责任对象

公仆，作为一种制度的诠释，不但十分感人，而且再形象不过。然而，对许多人来说已经变味，却是不用诠释的。

何为仆？是那些旧时代住在洋式建筑中的顶层阁楼或一楼角房，准备随时听老爷差使的人，是那些恭立在高门大院廊柱下，准备随时进屋为老爷太太端茶倒水、捏脚捶背的丫环，等等。时代变了，现在除了"小姐"几经折腾幸存下来作为一种泛称之外，什么老爷、太太、少爷等名称被视为腐臭之物，没有人再取之沿用。到别人家打杂带娃讨生计的人，被称作保姆或家庭服务员等，层次高一些的以此为业的人，则称为炊事员、生活秘书、保健医生等等。被服务者却反称为仆，为公众之仆，公仆也。

公仆，原本是一个抽象的概念，故对其衡量的标准也颇为抽象。在公众意志的代表机制很不完善的情况下，不能有效地对公仆进行命使、考核和决定留用或辞退，公仆就难免会渐变为一个空头名称。对全体群众负责，实际上就是对谁都不负责。在经济体制改革中，经过了一个艰难的过程，我们终于形成共识，公有制企业产权不"明"，生产经营的管理者名曰为公众而行使决策权，事实上则导致了产权责任者的落空。在责任对象不具体或者责任对象实际上"无行为能力"的状态下，这种责任是谁都可以去担负的。如果这种"责任"可以给个人带来无限的好处，更是谁都乐意去担负的。

把公众作为责任对象本来无错，问题是责任承担者利用了这种近似虚置的责任对象。不过，这不是某些现代公众之仆的创造，古代帝王声称以天下苍生为念，意在表白他的责任是福及普天之下的臣民。现在，我们的各级领导干部和政府机关干部一起改称为公务员了，不是政府系列的干部，也被"参照管理"明确其与公务员相当的级别和待遇。乐意当公务员，更乐意当公仆的人，似乎比以往更多。可是，假如现在的公务员像过去扫楼道、捅厕所的公务员（多半是临时工）那样，实实在在地做一个机关干部的公仆，还会有这么多人愿做公务员和公仆吗？

公仆意味的变质，使某些人想方设法要谋取这种职衔。事实上，他们只是乐意给某一个能够决定他升迁的上司为仆，一旦被提升，便会有更多的人为他们作仆。

最丑恶的罪犯

世上最丑恶的犯罪行为，大概要算贪污了。

谋财害命的劫犯令人发指，但他们所侵害的对象相对于贪污犯来说，只是个别人或极少数人。并且，他们的罪行一旦败露，任何国家机器都不

踮起脚尖寻幸福

愿意为他们提供庇护，一般很难逃脱法律的惩处。

战犯杀人如麻，将千百万人推向战争的巨大灾难之中。但是，除类似希特勒那样的头号战犯外，多数战犯是在一种大环境中被某些情势和情绪驱动，而指挥千军万马走上战场的。尤其是在国家内部缘于阶级矛盾的战争中，战犯如果认真悔过，并随着时间的推移，人们对他们的罪责逐渐淡忘。他们分别作为当年战争中的个体参与者，尽管所起的作用相当重要，但由于是他们所处的时代不同，人们不会再像当年那样痛恨他们的某一个人，从而使他们中的许多人能够以新的政治身份投入社会生活。

试想，如果像当年我们的新生政权改造战犯那样，开办若干个贪官管理所，将那些鲸吞社会财富，并且具有相当级别的巨贪（因为现在被扳倒的贪污分子尽管如童话世界里的超常蛀虫那样肥硕，但也极少有被枪毙的）集中起来进行改造，再过若干年也分批对他们进行"特赦"，人民将会同意吗？即使他们能够获得特赦，他们还能得到人民的谅解吗？他们能有当年战犯获释后那样的脸面走向生活吗？人民会允许再给他们提供相应的政治舞台吗？

说贪污犯是最丑陋的罪犯，是由于腐败行为的社会破坏性极大，腐败分子掠夺的是广大百姓的血汗，在任何性质的社会都是不齿的。时下，明眼人一看，有些人显然是贪污腐败分子，但由于社会机制的原因，老百姓就是拿他们没法儿，只好任凭他们腐败下去。这大抵是腐败行为比其他犯罪更可怕、更可恶的又一个原因。

平民百姓面对腐败分子愈是无奈，就愈是不会宽恕他们。

两种荒诞

不久前的一天，某地的一家日报在同一块版面上披露了两个很怪异的信息，或者说是两件荒唐事吧，当时读过就不是个滋味，后来越想越觉得不是滋味。本来是两个毫不相干的事情，或许是因为它们同时出现在一期报纸上，叫人无法不把它们联系起来思考。

其一是讲，在一个夜阑人静的时刻，山西交口县庄严的县委大院内却

第五辑 擦亮心灵的天空

灯火通明，数十位党政干部在县委书记和县长的率领下，齐刷刷地跪在香案前，"代表县委县政府"，虔诚地埋下桃木弓箭、铜镜、砖瓦之类所谓的"镇邪物"和"升官符"。之后，县领导又根据"风水先生"的指点，以各种理由在低于县委大院的地方重建了看守所，在县城大街上新建了牌楼，在县委大院东面新建了楼房，并在房顶上砌了一垛无用的女儿墙以高出西面的人大办公楼。原来，这一切皆缘于交口县主要负责人认为自己升不了官，是因为县委大院"风水"不好，才折腾出这般荒诞的举措。

这是一篇杂文列举的事例，虽然发生在几年以前，当时经过新华社和全国许多新闻媒体披露过，但今日读来，仍令人百思不得其解。在我们这个新的世纪，新的千年，在这个"意气风发"的伟大年代，怎么会有身居要职的这一大批官员，干出如此令世人耻笑的事情？

另一件事发生在英国，大名鼎鼎的英国天然气公司让大约五万名用户四年没有交上电费，有的连第一笔电费还没缴上，应收总额高达一千三百万英镑，因此一批准备迁入该公司的潜在用户放弃了原来的打算。

这样的事情在我们看来，真是天大的美事。在我们的一座城市就不知有多少用户想着法窃电，使电价居高不下，偷电者肆意浪费，按规矩交费者连点灯都省而又省。试想，若有哪家公司只供电不收钱，不让整个城市都涌去报名才怪哩。

那家公司顾不上收钱，客观上不但没有起到"讨好"用户的效果，反而被国家能源监察机构指责为"犯了集体冷漠罪"。

媒体在报道英国这事时，把它说成是"怪事"，刊发那篇杂感时，也很尊重原作者的笔调，说明我们的媒体还是比较了解读者的，也还算比较客观吧。这两件事在我们的读者看来，都很怪诞，也就是说，两个故事包含了两种荒诞。然而，如果让故事的两个不同发生地的读者交换来看，来一个互相审视，恐怕只剩一种荒诞了。

文化寻祖的心灵缘由

有个非洲女孩儿在中国纪念郑和下西洋的展览馆参观时,无意间看到一只当年远航壮士使用过的粗糙瓷碗,她当即在那座展柜前泪流满面,长哭不止。

社会开放之后,编纂族谱的风习渐起,自南方蔓延至各地。人们渐渐意识到,中国民间修编家谱不是什么封建余俗,不是助长宗族势头的坏事。我们杨氏今日出谱,算来晚了几十年。

我们这一支杨姓子孙,世世代代在桐柏山以南,也就是湖北省应山县(今为广水市)县城之西的一条丘陵地带上繁衍生息。历代多以务农为生,男耕女织,偶出一两个读书之子,均未能远离故土,赖以田亩持家度日,说不上诗书传家,也说不上清德雅望,更不曾出过达官显贵。然而,杨氏一门注重传承勤劳节俭之家风,以耕为本,以勤治家,以善立身,以诚待人,以忠义纯朴取信和结缘于乡里。无论是国难之际,还是大灾连年,无论四方如何混乱,杨氏子孙里也没有出过汉奸走狗或盗贼恶棍,于乱世中彰显了朴实的爱国情怀和正直的家族遗风。

在人类无数漫长的遗传链条中,每个家族都是其中或长或短的一支,每个人都是各自家族遗传链条中的一个环节。每个人来到这个世界上,都会被或轻或重地烙上"出身"的标记,这种标记通常是指他(她)的家庭所处的某种社会类别或阶层属性,比如现代社会的工人、农民、商人等等。说到出身,往往会延展到某个人的整个家族乃至家族史。很多人也会有意无意地追询起自己的前辈，并且没有辈数限制，似乎是愈久远愈好，直到说不清为止。这种追询，虽然不同于"我们从哪里来，我们到何处去"那种对人类社会终极命运的询问和哲学思考，但它依然带有神圣的色调。因为这种追询本身，体现了人类社会的一种重大进步。动物不具备这种意识和灵性，在人类先祖的母系社会，原始祖先们也不具备这种寻根问祖的意识，因为那时人们能够明确的长者，只有母亲和外祖母等这种模糊而简单的亲缘线索。

前些年，有个非洲女孩儿在中国纪念郑和下西洋的展览馆参观时，无意间看到一只当年远航壮士使用过的粗糙瓷碗，她当即在那座展柜前泪流满面，长哭不止。因为这位一头黑发的美丽黑人姑娘，发现碗上的花纹和她家里祖传的一只瓷碗一模一样。她在这里认定了自己几百年前的先祖，就是郑和船队的中国人，就是当时被重洋所阻隔、终生困在异国的某个黄皮肤黑头发的东方男子。她有理由痛哭，对自己祖宗的确认使她如此百感交集。看来，寻根问祖不仅仅是中国人的文化情结和心灵缘由。

还是说我们这个家族，因为若干代之前的先辈在艰辛的迁徙途中遗失了族谱，以致今日我们无法追寻到更远的前人。就龙泉这一片来说，现在能够说上来的一个最早的男性长者，据说是个穷困潦倒的汉子，家徒四壁，冬天靠裹草御寒，因为他意外娶了个河南女子为妻，才有了我们这个杨氏族系。不知道谱中写了这个"源头"没有，如果有根据，就应该这么写。中国有很多大姓氏的族谱，都不约而同地把各自的祖源追溯到周文王那里了，浙江奉化的蒋氏族谱和湖南韶山的毛氏族谱也在其中。至于杨氏，很多族谱也不约而同地追溯到东汉杨震和隋代的杨坚那里，开国帝王杨坚起于随，也就是今天我们广水的邻县随州，可能很多人不知道这一点，否则攀隋文帝为宗的周边杨氏子孙的积极性会更高。这样编出来的家谱只能是歪曲祖根，只能让人感到荒唐可笑。

以先辈为荣，不为错，更不为过。但先辈没有给我们留下显赫和荣光，后世更应努力进取。好在近世几代，许多杨氏子孙崇文尚学，发奋苦读，有些已经学有所成，流布四方，并竭诚报效社会。

我们的前人有些早已入土为安了，健在者也大多是白发苍苍，风烛残

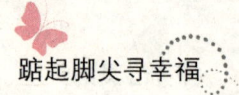

踮起脚尖寻幸福

年，我等亦两鬓染霜，垂垂老矣，只有殷切地寄厚望于来者。但愿有更多的后世之人，更能奋发向上，更能有所作为，更堪为人世之杰。同时也坚信我族后生定能不负天地造化，自初孜孜于学业，诚实做人，踏实做事，牢记忠孝大义，坚实地走好人生的每一步，敢怀高远之抱负，敢领未来时代之潮头，以告慰列祖列宗的在天之灵。

>>>

生当作人杰，死亦为鬼雄。

——李清照

"发鸿蒙"的第一课

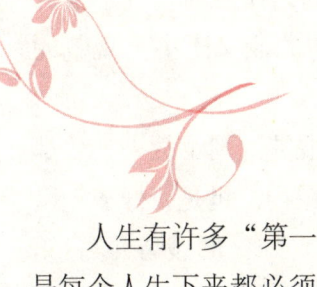

人的一生中,有许多阅读过或经历过的东西可能被忘却,但小学第一课却对每个人如刀刻錾凿一般,是怎么也忘不了的。

人生有许多"第一课",不过都是一种借喻性的称谓,比如吃奶,那是每个人生下来都必须学会的第一种本领。母亲把她的乳头塞在你嘴里,然后轻轻地拍打或抚摸你,她通过这种爱抚传给你一种示意,让你吃香,吃好,但不要吮得她疼,让你和她完成一种最神圣而又最原始的奉献与索取。类似这样的第一课,大都发生在没有记忆的年龄,甚至多少带有动物的属性。只有入学后的第一课,才是真正文化意义上的第一课,才是由混沌人生走向文明人生的第一课。某种意义上说,它是人生真正的起点。因此,第一课绝不是书本中最简单的文字。

二十世纪三十年代,教育当局请梁实秋编写启蒙课本,第一课拟为"来,来,来上学",结果遭到许多人的强烈反对。梁实秋只好找到一位对其最不满意的人,请他来撰拟,并预付了很高的稿酬。不料那位先生很快退还了稿酬,表示难当此任。最后几经反复,第一课定为"去,去,去上学"。这一字之改,初看毫无必要,细加琢磨便见奥妙,即由学校和老师对适龄儿童的召唤,改为家长对孩子的主动催促和学生自己对读书的一种自觉追求。若用于今日正在推行的希望工程,仍具有促动作用,可见其具有"重要的现实意义"(假如是当时说来,就应该是"深远的历史意义"了)。这样的第一课,唤醒过多少父辈对子孙的期冀,唤起过多少孩童对

求知的渴望。

人的一生中,有许多阅读过或经历过的东西可能被忘却,但小学第一课却对每个人如刀刻錾凿一般,是怎么也忘不了的。余秋雨先生长我十来岁,他上学当是上世纪五十年代初期,他回忆说第一课是"开学了"。那时文字尚未改革,第一个繁体的"开"字就那么复杂,我看还不如"去上学"生动易学,也难为他们那一代人了。

我入学时,已是六十年代初年。家乡父老把孩子开始读书叫做"发鸿毛(蒙)"。不知这个说法是从什么时代延续下来的,我曾经查过不少辞书,根本没有"发鸿蒙"这个词条,但我总认为它的涵义比书上规范的"发蒙"或"启蒙"要丰富得多。

鸿蒙,天地未开之前的气象,一团元气,一片混沌。到了教书先生那里,混沌就能够得到开辟,就可以摆脱自然气团的蒙困。可是,好多年以后我才知道,当时我们背着母亲缝制的"钓客蚂(青蛙)的袋袋儿",第一次走向村边那座只有两间干打垒教室的小学时,在先辈们的叫法里竟如鸿蒙初开那样神圣无比。

那么,我们的"鸿蒙"是从哪儿开启的呢?课本领到了,第一课是"一二三四五",接下来便是"六七八九十"。也就是说,我们学认的第一个字是"一",它最简单也最形象,乡亲们说扁担横下来就是"一",连它都不认得的人准是"睁眼瞎";它最博大也最好理解,万事万物都有一,并且都无一例外地从一开始。宇宙之大,世事纷繁,发鸿蒙的第一课抓住这万物初始的"一"字,实在是匠心独具。

等到前些年稚子入学时,我特别注意第一课,幸好,他们又回到了当年的"一"字上了。这并非"老子九斤儿子也应该是九斤"的心态,而是先祖为我们设计的表示万物起元的"一"字,用于人生的第一课,实在是太适合孩子,太有容量,太能让人回味了。

第五辑 擦亮心灵的天空

凝望星空

一本译自苏联的儿童读物讲到,他们的宇航员登陆火星,在莽莽密林中遇到了类似地球上大猩猩的庞大怪物。好像是那个情节和一幅钢笔画的线条式插图,从此启动了我对太空的想象。

一

除夕之夜,我走出老屋的院落。

大理石镶嵌起来的大门上挂起了一对大红灯笼,整个小村、整个被夜幕笼罩的大地,都在等待迎新的爆竹燃沸的时刻。

蓦然抬头,好一片晶亮的星星啊!

夜空一片宁静,大地一片宁静,门前的老槐矮柏也都傻愣愣地呆立在黑影里。没有谁留意到那些闪闪的星斗,只有我仰着脖子在凝视它们。

它们开始朝我眨动眼睛,它们的亮光也渐渐有了很难察觉的动感。

久违了,几十年没有在这样晴朗的夜晚,回到故乡看自己迷恋过的夏天的夜空,看自己儿时数过的星星。

如今,老屋变了,当年的青瓦土墙换成了钢筋水泥的简易楼房,院内那株高大的椿树也在大旱中枯死了,很多景象已不复存在。

只有这里的星空没有变,一个个星座还是那样不规则地排列着,彼此间还是当年的距离，看不出丝毫的易动。

二

"青石板，石板青，青石板上钉银钉，夜里发光亮晶晶。"

童年时代的我们，以及我们以前的许多代先人，都曾唱着这样的歌谣去仰望神秘的天空。我的第一本"藏书"是名为《牛郎织女》的连环画，是它最早向我系统地描述了天上的"社会结构"，也使我把一个完整而凄美的故事与天上的星斗联系起来。

可是，几乎在那同时，我们开始接触到现代天文常识。地球原来是个圆东西，宇宙间没有什么"三界"，只有人间才是现实的。星星也不是些微弱的亮点，而是大大小小的星体，并且离我们无比遥远。

科普常识破灭了我们的童谣和神话，也破灭了我们对星空的美妙想象。进而，科幻故事又引导我们开始对那些星体进行种种幻想。一本译自苏联的儿童读物讲到，他们的宇航员登陆火星，在莽莽密林中遇到了类似地球上大猩猩的庞大怪物。好像是那个情节和一幅钢笔画的线条式插图，从此启动了我对太空的想象。

星星，按照通常的理解，是表示微小、微弱或分散的。但事实真正是与我们的语言创造者开了个天大的玩笑，故意让这个本来表示最小事物的名词，成了宇宙间无数个巨大天体的通称。显然，这是先人的认识局限造成的。

星星，是过去人们从肉眼角度的认知；星体，则是天文学角度的标准称谓。

从星星，到星体，实现了从传说到科学的伟大跨越，也是地球人类迈过的具有重大历史意义的一步。

我为现代人感到幸运，当我们来到这个世界时，科学已能够将星空做出正确的解答了。原来，我们所熟悉的那些天空亮点是那么神奇，无限的宇宙空间大得没法想象，也没法形容。

可是，科学家把太空的情状描绘得越具体，我们越是觉得不可思议；

他们把宇宙的起源和演变过程描绘得越准确，我们越是听不明白。

三

在我被老屋上空的星光所触动的那个时刻，我突然感到，人类是孤独的。

浩茫宇宙，无限多的星球，人类至今连自己的邻居还没有发现。

科学的脚步向太空深处延伸的速度越来越快，很多人都渴望寻找到外星人，尽管科学巨人霍金曾经提醒世人，不要把外星人想得那么善意；有的动漫节目干脆把外星人的降临，描绘成他们与我们人类的生死恶战。

不论科学家怎样警示，我是希望找到我们的星际邻居的。面对茫茫星空，往往让我感到生活在我们这个小小星球上的人类，其实很有些悲哀。

地球人的生命别说相对于我们所处的无限大的宇宙，就是与村口的那株古老银杏相比，也是那么短暂。

可是，人类社会进化到如今，还处在自控水平很低的无序状态。没有谁能够说清，在这个被我们深情赞美过的星球上，曾经发生过多少回毫无意义的争战，多少鲜活的生灵被迫卷入战争而死于非命。

就在几十年前，还接连爆发过两场世界性的混战，可谁也不敢保证，世界和平还能够延续半个多世纪。当然，我们都希望能够做到，可那样也不过是一百多年没有世界大战。

而在秩序问题没有解决之前，足以毁灭整个人类自身几十次乃至几百次的大规模杀伤武器，早已研制出来了。上世纪八十年代有专家估算过，如果把当时世界上核武器的能量换算为 TNT 的当量，全球每人平均拥有七十五公斤炸药。

人类的悲哀更在于，很多人至今还在被奴役。他们丑恶地摇荡着极其笨拙的幌子，驱使人们去服从于他们的一己之私、一家之私，或一个利益集团之私。平时剥夺他们的劳动成果，战时蛊惑和强制他们去献出生命。而许许多多的被奴役者，并不认为自己在遭受奴役。

要改变这种可悲的命运，只有靠人类自己。以往，前人已经付出了无法估量的代价,只是希望以后少付出一些代价。

四

我曾经梦想,科学的飞船哪天能飞临某个星球。

那里,许多树叶的颜色完全是洁白的,有的人张开双臂可以作短距离飞翔。除此之外,他们最大的不同,就是没有什么国家和民族,更没有军队,只有为数不多的警察。据说在他们的原始时代,曾经有过近似于我们现在国家的部族,但那样的历史已经终结几万年了,并且他们的一年要相当于我们很多年。

那儿,全球人都使用着一种语言,从未听说过世上有什么鬼神,他们只信仰"秩序和自由",没有人敢去故意触犯社会秩序和他人的自由。每个人都能够遵守整个星球社会的共同规则,每个公民也都能得到社会的关爱。

当问到什么民主、专制问题时,翻译搜肠刮肚,也没有在他们的语言中找到对应的词汇。他们认为,社会本来就应该是这样。

那个星球有史以来,从未发生过权力世袭,所以,当他们听说地球上竟然有人将国家私有化,将国家权力家族化时,都惊愕得张大了嘴巴。

他们早已形成了一套极为严密的选举程序,能够把最优秀的人物推选出来担任社会的各级管理者。由于千万年来私欲在那个社会无法得到实现,很多人已经忘记了什么叫私欲。现在唯一让他们感到困扰的,就是他们拥有三百多亿人口的星球,每年总有几起情杀案,听说他们准备采取尖端科技来根治那种人类基因中遗留下来的兽性。

五

老屋是个极其普通的村落,这里却有着世界上最美丽的星群。

此刻,我看头顶上的那些星粒越来越亮,并且每颗亮星都有一束光芒对着人间闪射,那种光束晶亮晶亮的,把夜空照得格外洁净。

天幕也不是青色的,看上去是一种深灰。在闪烁群星的点缀下,许多灰暗部位也能给人晶莹剔透的美感。

假如没有满天星斗,天空总像雨夜那般阴晦,这世界给我们的是一种什么感觉?假如那样,我们,还有许多星外的智慧生灵,所失去的不仅是夜空的景观,还有生命中具有的一项意义。

悠悠长空,几多奇妙。神话式的阐释,曾使千万年来的无数前人仰卧着浮想联翩;而现代科学对太空的解读,更让人感到神奇。

因而,我凝望夜空片刻之后,"诗性的星星"很快被"理性的星体"取代了。于是我醒悟过来,我那童谣中的夜晚和星星再也不可能找回了。

诗意的星空原本是属于儿歌,属于传说,属于夏夜,属于一辈辈天真童年的。

>>>
有些路看起来很近走去却很远的,缺少耐心永远走不到头。

——沈从文

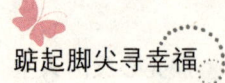

红旗下的童年

从我家到学校有几里路,要经过两座山丘,两丘之间有一片平坦的坳地。为了躲避学校的闲得无聊和家中的劳作,我和几个同学便选择这块隐蔽的地方玩起了扑克,并且"带彩",有几毛钱的"分子钱"就够了,一打就是一上午,有时打一整天。

怎样概括我们这代人的童年,过去有句比较形象的话,叫做"生在新社会,长在红旗下"。不错,我们出生在二十世纪五十年代初期,新政权早已建立;那个年代及至我们成人之后,到处可以看到迎风招展的红旗,大城市搞政治运动,经常造出"红旗的海洋",乡下生产队的农民上工,也要把红旗插到田边地头。因此,说我们是红旗下成长起来的一代人,并非夸张。

不过,我们的童年远没有这句话中喻指的那么幸福,相反,我们经历过的许多磨难与荒唐,今天仍然不堪回首。

对我来说,童年最难受的莫过于想读书而不能读书或没有书读。我上小学时已是六十年代初期,刚过上几天安定日子的农民,却又经历了三年空前的自然灾害。我父母刚与爷爷奶奶分灶立家,他们已经有了四个孩子,全家人都能够活过来已是不幸中之大幸了,其贫穷不言而喻。村旁的山丘上有一排干打垒的瓦房,其中两间大一点的用作教室,那就是我们的学校。教室里没有桌椅,老师带着我们用稻草和泥糊起几排土墩子,然后让学生自带一块木板搁在上面,再带一只小板凳就开始上课了。我家里找不出那么大一块板子,外婆家一向比我们"殷实",外婆为我找了一块旧家具上拆下的木板,头上好大一个被白蚁蛀掉的豁缺。就在那块破木板上,我度过了自己最难忘的启蒙岁月。

初小快毕业时,父亲突然决定让我停学,理由是弟妹较多,生活困难,让我回家放牛,好从生产队多挣几个工分。那天晚上,在昏暗的油灯下,我与一直闷着头抽烟的父亲进行了一次"谈判",我同意停学,但他们必须在下午和晚上留出一定时间让我自学。父亲没说二话,答应了我的要求。当时他那种痛苦的眼神,我至今仍能清晰地回忆起来。第二天早晨,从未管过我读书之事的父亲,却破例把我的书包递送到我手中,对我说了句"你还是去上学吧"。他目送我走出村口,我看他的表情轻松了许多。

1966年下半年,我在熊熊燃起的"文革"烈火中走进了高小。那是邻近公社的一所"完全小学",其实高小的两个年级也只各有一个班,每班不到四十名同学,我是五年级的班长。正当我满怀憧憬,准备好好读完小的时候,到处的学校都"停课闹革命"了,连课本都没有。老师整天带着我们"造反"、劳动、念小说、讲故事,消磨时光。后来,我把这种没有课本的学校生活形容为"高班幼儿园"。

从我家到学校有几里路,要经过两座山丘,两丘之间有一片平坦的坳地。为了躲避学校的闲得无聊和家中的劳作,我和几个同学便选择这块隐蔽的地方玩起了扑克,并且"带彩",有几毛钱的"分子钱"就够了,一打就是一上午,有时打一整天。学校以为我们在家没来,家里以为我们读书去了,均不加追问。渐渐地,我们越打越上瘾,

虽然不是每天如此,但每周至少有两三天是这样玩过来的。从春玩到夏,又从秋玩到冬,好像持续了一年多时间(因为"文革"前期教育体制全面瘫痪,我们在高小"读"了两年半)。隆冬,瑞雪盖地,我们扒开厚厚的积雪,围坐在湿漉漉的枯草地上,直打到日落。记得一位去镇上赶集买年货的老人路经此处,惊奇地说:"那上面(指我们手中的扑克牌)真的有火呵!"所以,我现在特别理解那些玩麻将上瘾的人。

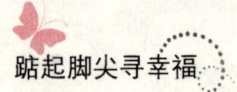

踮起脚尖寻幸福

  我的童年是不幸的童年，几乎是在与饥饿和劳困的搏斗中度过的，几乎是在对知识的渴望中度过的。

  我的童年又是十分幸运的童年，几乎是在没有学习压力的轻松自在中度过的，贫困的生活和超体力的劳作磨砺了我的意志，"高班幼儿园"的生活为我们增添了许多乐趣。

从工作里爱了生命，就是贯彻了生命最深的秘密。

——纪伯伦